histoires à raconter

CONTES DES QUATRE GRANDS VENTS

NATHAN

Jeannot-le-Sot et le brochet

Il était une fois un vieux bonhomme.
Un vieux bonhomme qui avait
trois fils.
Les deux aînés étaient comme
tous les garçons à la campagne :
ils savaient labourer, semer, couper
le blé, soigner les vaches et les chevaux.
Jeannot, le troisième,
ne savait rien faire,
et il faut bien reconnaître
qu'il paraissait un peu bête.
Il n'était pas beau non plus,
avec ses cheveux rouges et son nez
couvert de taches de rousseur...
Il passait le plus clair de son temps
juché sur le gros poêle de l'isba,
paressant et bâillant
à longueur de journée
tandis que les autres travaillaient.

Un jour que ses frères étaient partis pour la foire, Jeannot resta seul à la maison avec les femmes.

— Jeannot, mon garçon, lève-toi, lui dit la femme de son frère aîné. Il n'y a plus d'eau dans les seaux. Va-t-en jusqu'à la rivière en chercher...

— Ah ! Ah ! bâilla Jeannot...
j'aimerais mieux rester ici, au chaud !
— Allons, remue-toi un peu,
insista la belle-sœur. Sinon tes frères
ne te rapporteront rien de la foire.
— Bon, bon, c'est entendu, j'y vais...
Jeannot descendit de son poêle,
s'habilla, se chaussa,
mit son bonnet de fourrure,
prit les seaux, une hache et sortit.
C'était l'hiver. La rivière était gelée.
Jeannot brisa la croûte de glace
avec sa hache, agrandit le trou,
y plongea les seaux, les remplit d'eau,
puis s'accroupit pour regarder
la rivière couler sous la glace.

Et voici qu'il aperçut un brochet.
Il trempa prestemant son bras
dans l'eau glacée et saisit le poisson.
Et de se réjouir :
« Le bon plat que nous aurons là ! »
— Jeannot, mon petit Jeannot, supplia
le brochet parlant comme vous
et moi, relâche-moi, je te le revaudrai !
Mais Jeannot
sans s'étonner se mit à rire :
— Te relâcher ? Pas si bête...
Tu ne peux
m'aider en rien... tandis qu'au court-bouillon,
c'est ça qui sera bon !

Le brochet supplia de nouveau :
— Jeannot, mon petit Jeannot,
remets-moi dans l'eau...
je te donnerai tout ce que tu voudras...
— C'est bon ! dit Jeannot. Mais donne-moi
tout d'abord la preuve de ta puissance !
Ensuite je te lâcherai...
— Eh ! bien, soit ! dit le brochet.
Que désires-tu ?
— Je veux que mes seaux
s'en retournent tout seuls à la maison...
et sans renverser la plus petite
goutte d'eau...
— Écoute-moi bien, reprit le brochet,
chaque fois que tu auras envie
de quelque chose tu diras d'abord :
Que par la volonté du Brochet,
Soit réalisé mon souhait !
Jeannot répéta :
Que par la volonté du Brochet,
Soit réalisé mon souhait !
Puis il ordonna :
— Seaux ! rentrez à la maison !

Et c'est comme je vous le dis !
Les seaux s'ébranlèrent et cahin-caha — mais sans renverser une goutte d'eau — prirent le chemin de la maison.
Jeannot rejeta vivement le brochet dans le trou et courut après eux.

Les deux seaux remontèrent le talus,
traversèrent le village
au grand ébahissement de tous,
Jeannot suivant derrière,
un petit sourire aux lèvres,
et entrèrent dans l'isba
où ils s'installèrent près de l'évier.
Jeannot, lui, grimpa sur son poêle.
Quelque temps après,
ses belles-sœurs lui dirent :
— Allons ! Jeannot, paresseux !
lève-toi ! Il n'y a plus de bois coupé.
— Ah ! bâilla Jeannot...
Je suis si bien ici...
— Si tu ne vas pas fendre le bois,
tes frères ne te rapporteront rien
de la foire !
Jeannot s'étira, bâilla de nouveau,
puis se souvint du brochet.

Il murmura :

Que par la volonté du Brochet,
Soit réalisé mon souhait !

Puis il ordonna :

— Hache ! Va couper le bois !
Et toi, bois, entre dans l'isba et saute dans le poêle, nous avons froid !

La hache bondit de son coin, sortit dans la cour et je te coupe et je te fends, coupa et fendit tout le bois. Et le bois, bûche après bûche, entra dans l'isba et sauta dans le poêle qui se mit à ronfler de contentement.

Quelques temps passèrent encore
et les belles-sœurs dirent à Jeannot :
— Réveille-toi un peu, Jeannot !
Il n'y a plus de bois au bûcher.
Il te faut aller en chercher dans la forêt !
Allez ! Lève-toi !
Et Jeannot, du haut de son poêle,
répondit :
— Pourquoi donc n'y allez-vous pas
vous-mêmes ?
— Comment, nous-mêmes !
Ce n'est pas le métier des femmes
que d'abattre les arbres !
— Je suis si bien ici...

— C'est bon, mon garçon, tu n'auras pas de cadeaux...
Il n'y avait rien à faire... Jeannot soupira, descendit de son poêle, se chaussa, s'habilla.
Il prit une ficelle et une cognée, sortit dans la cour, s'assit dans le traîneau et cria :
— Ouvrez le portail !
Les belles-sœurs se mirent à rire :
— Pauvre sot ! Et qui le tirera, ton traîneau ?
Tu n'as pas attelé les chevaux !
— Pas besoin de chevaux, répondit Jeannot.
Les belles-sœurs ouvrirent le portail et Jeannot murmura :

Que par la volonté du Brochet,
Soit réalisé mon souhait !

et il ajouta :
— Glisse, mon traîneau, glisse vers la forêt !

Et le traîneau s'élança, glissant
légèrement sur la neige
comme tiré par dix chevaux.
Pour atteindre la forêt, il fallait
traverser le village où le traîneau,
rapide comme le vent, renversa
tout le monde sur son passage.
Les gens avaient beau crier,
menacer et se démener,
le traîneau ne s'arrêta que dans la forêt.
Là, Jeannot descendit du traîneau
et dit :

Que par la volonté du Brochet,
Soit réalisé mon souhait !
Cognée, abats les branches sèches.
Et vous, branches sèches, liez-vous en fagots,
Rangez-vous dans le traîneau ;
Toi, ficelle, attache solidement le chargement...

Et la cognée abattit les branches sèches,
et les branches sèches se lièrent
en fagots qui se rangèrent
dans le traîneau
où la ficelle les attacha solidement.

Avant de repartir, Jeannot ordonna encore à la cognée de lui couper un bon gourdin bien solide et bien lourd.
Puis il s'assit sur le chargement et dit :

Que par la volonté du Brochet,
Soit réalisé mon souhait !
Beau traîneau, rentrons à la maison !

Et le traîneau s'élança.
Mais il fallait repasser par le village
où il avait tout bousculé
sur son passage. Les villageois, furieux,
s'étaient postés sur la route
et l'attendaient...
Ils se saisirent de Jeannot,
le tirèrent hors du traîneau, l'injurièrent,
le battirent.
Les choses menaçaient de mal tourner.
Alors Jeannot marmotta très vite :

Que par la volonté du Brochet !
Soit réalisé mon souhait !
Vite, vite, gourdin
Caresse-leur les reins !

Le gourdin sauta du traîneau et pan
à droite, pan à gauche, mena une danse
si endiablée que les pauvres gens
effrayés se sauvèrent à travers champs,
tandis que Jeannot, remonté
sur son traîneau, rentrait chez lui
et se recouchait sur son poêle.

Mais voici qu'un jour, le tsar,
qui avait entendu vanter les prouesses
de Jeannot, envoya un de ses officiers
le chercher.
L'officier arrive au village,
entre dans l'isba et demande :
— Est-ce bien toi, Jeannot-le-Sot ?
Et lui de répondre :
— Ça se pourrait bien...
— Alors, habille-toi vivement,
reprit l'officier, je t'emmène chez le tsar
qui veut te voir !
— Je suis trop bien ici, bâilla Jeannot.
L'officier se fâcha et le gifla.
Alors Jeannot murmura :

Que par la volonté du Brochet,
Soit réalisé mon souhait !
Vite, gourdin, saute,
Brise-lui les côtes !

Le gourdin jaillit de derrière la porte
et de tous côtés, par-devant
et par-derrière, rossa si bien l'officier

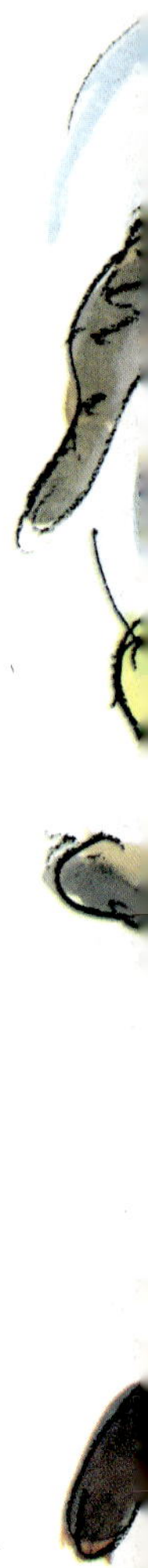

chamarré que ce dernier
put tout juste se traîner dehors.
Le tsar s'étonna grandement du refus
de Jeannot et son désir de le voir
n'en devint que plus vif.
Il fit appeler un de ses plus puissants
vassaux et lui ordonna :
— Amène-moi Jeannot-le-Sot, sinon
tu auras la tête tranchée !

Le puissant prince acheta des raisins secs, des pruneaux, des gâteaux. Quand il arriva au village, il entra dans l'isba et demanda aux belles-sœurs ce qu'aimait Jeannot.
— Jeannot aime les douceurs, répondirent-elles, et par-dessus tout il a envie d'un costume rouge!

Le puissant prince offrit à Jeannot
les raisins secs, les pruneaux,
les gâteaux et lui dit :
— Jeannot, mon Jeannot,
laisse donc là ton poêle
et viens avec moi chez le tsar !
— Mais je suis si bien ici au chaud...
— Jeannot, mon Jeannot,
chez le tsar tu auras chaud aussi,
et tu pourras te régaler du matin
jusqu'au soir. Viens...
— Non, je n'ai pas envie de bouger...
— Jeannot, mon Jeannot,
le tsar te donnera un beau costume
rouge avec une casquette et des bottes...
Jeannot réfléchit un grand moment
puis dit :
— Bon. Va-t-en le premier,
pour annoncer mon arrivée.
Le puissant prince partit.
Jeannot rêvassa encore, bâilla,
puis marmonna :

Que par la volonté du Brochet,
Soit réalisé mon souhait!
En route, poêle, nous partons chez le tsar!
Tous les murs de l'isba en tremblèrent;
le toit faillit s'écrouler;
une cloison s'abattit... et le poêle
oscillant sortit sur le chemin
et s'en alla tout droit chez le tsar.
Dans son palais,
le tsar guette à la fenêtre.
— Ah! ça, qu'est-ce donc? s'étonne-t-il
soudain.
Et le puissant prince lui répond:
— C'est Jeannot-le-Sot qui vient te voir
juché sur son poêle!

Le tsar sortit sur le perron.
— Eh bien, Jeannot !
Les gens se plaignent de toi !
Tu les bouscules, tu les renverses
et tu les rosses par-dessus le marché !
— Ils n'avaient qu'à se garer à temps !
répondit Jeannot hargneusement.
Pendant qu'il parlait au Tsar,
Jeannot aperçut, penchée à une fenêtre
du palais, la petite princesse Marie
qui le regardait.

Il murmura tout doucement :

Que par la volonté du Brochet,
Soit réalisé mon souhait !
Petite Princesse tu n'aimeras que moi !

Puis il ajouta :

— En route, poêle,
nous retournons à la maison !

Le poêle fit volte-face et s'en retourna vers la maison

Il entra dans l'isba où il reprit
sa place coutumière, tandis que Jeannot
se remettait à rêvasser et à bâiller.
Mais au palais du tsar, ce ne sont plus
que cris et pleurs : la petite
princesse Marie s'ennuie sans Jeannot ;
elle ne peut vivre sans Jeannot ;
mon père, mariez-moi à Jeannot !...
Le tsar, très contrarié,
après mûres réflexions ordonna
de nouveau au puissant prince :
— Mort ou vif, amène-moi Jeannot !
Il y va de ta tête !
Le puissant prince acheta
les vins les plus capiteux,
les pâtisseries les plus fines,
les confiseries les plus délicates,
les fruits les plus merveilleux
et partit pour le village où vivait Jeannot.
Il entra dans l'isba et dit :
— Regarde, Jeannot, c'est pour toi !
Régale-toi !

Jeannot se gorgea de sucreries, s'enivra de vin, puis s'assoupit. Sans perdre une minute, le puissant prince le transporta dans sa voiture et l'emmena chez le tsar. Le tsar ordonna aussitôt d'amener un énorme tonneau cerclé de fer, y fit enfermer Jeannot et la princesse Marie, puis le tonneau fut enduit de goudron et lancé à la mer. Au bout de quelques heures, Jeannot se réveilla. Il faisait noir. Il se sentait à l'étroit.

— Où suis-je ? grogna-t-il.

Une voix plaintive lui répondit :

— Jeannot, mon doux Jeannot... on nous a enfermés dans un tonneau goudronné et jetés à la mer ! Et j'ai si peur du noir...

— Qui parle ? demanda Jeannot.

— Moi, la princesse Marie...

Alors Jeannot murmura :

Que par la volonté du Brochet,
Soit réalisé mon souhait!
Vents puissants poussez le tonneau
vers le rivage,
Échouez-le sur le sable doré de la plage!

Les vents puissants soufflèrent, les vagues se gonflèrent et le tonneau fut rejeté sur le rivage où il roula sur le sable doré de la plage.

Jeannot et la petite princesse
sortirent du tonneau.
— Jeannot... mais où vivrons-nous ?
Il te faudra construire une cabane...
— Pas la moindre envie de travailler,
répondit Jeannot.
— Mais nous ne pouvons
rester sans abri, reprit la princesse.

Alors Jeannot dit :

Que par la volonté du Brochet,
Soit réalisé mon souhait!
Je veux un palais de marbre au toit doré.

A peine avait-il formulé son souhait qu'un palais de marbre surmonté d'un toit doré s'éleva devant eux. Un parc tout rempli de fleurs et d'oiseaux les entourait.

La petite princesse et Jeannot
entrèrent dans le palais
et s'assirent près d'une fenêtre.
— Jeannot, dit la princesse
au bout d'un instant, Jeannot,
ne pourrais-tu devenir moins laid ?
Sans hésiter, Jeannot murmura :

Que par la volonté du Brochet,
Soit réalisé mon souhait!
Je ne veux plus être laid,
Que la beauté me soit donnée!

Et la métamorphose s'accomplit : des boucles blondes remplacèrent la tignasse rousse de Jeannot, ses taches de rousseur disparurent, ses traits s'affinèrent, de lourd et trapu qu'il était il devint grand et svelte. Jeannot était devenu beau.
Pendant ce temps, le tsar qui était parti à la chasse fut fort étonné de trouver un palais dans un endroit demeuré jusque-là désert!
— Qui se permet de construire un palais dans MON domaine et sans MA permission? cria-t-il. Allez vous renseigner, ordonna-t-il à quelques-uns de sa suite.
Les envoyés se précipitèrent vers le palais et s'approchèrent de la fenêtre.

A leurs questions, Jeannot répondit :
— Que le tsar me fasse l'honneur de venir lui-même, et je lui donnerai toutes les explications nécessaires...
De plus en plus étonné, le tsar accepta et se rendit au palais. Jeannot l'attendait sur son perron. Il lui fit visiter sa maison, puis il lui offrit une collation. Après avoir bu et mangé, le tsar demanda :
— Me diras-tu enfin qui tu es, beau seigneur ?
— Ne te souviens-tu pas de Jeannot-le-Sot qui vint te voir juché sur son poêle ? répondit Jeannot. Qu'as-tu fait de lui ? Tu l'as fait enfermer avec ta fille dans un tonneau goudronné et tu les as jetés à la mer, n'est-il pas vrai ? Eh bien, regarde-moi, je suis Jeannot-le-Sot ; et si je le veux je détruirai ton empire !

Le tsar, très effrayé, le supplia :
— Jeannot, mon petit Jeannot,
fais ce que tu veux, épouse ma fille,
prends mon empire, mais épargne-moi,
aie pitié de moi...

Des fêtes et des festins furent ordonnés dans tout l'empire. Jeannot épousa Marie, la petite princesse, et gouverna à la place du tsar. Ainsi prend fin mon histoire... Et vous tous qui m'avez écouté : vous êtes-vous amusés ?

Urashima le petit pêcheur

Il y a très, très longtemps de cela
vivait au bord de la mer du Japon
un jeune pêcheur nommé Urashima.
C'était un doux et brave garçon doué
d'une adresse sans pareille à la pêche.
Un jour qu'il était parti pour pêcher,
il attrapa au bout de sa ligne
une grosse, une énorme tortue
avec une dure carapace et une drôle
de figure toute fripée et ridée
et une toute petite queue !
Vous ne saviez probablement
pas que les tortues, les tortues japonaises
tout au moins, vivent toujours
très longtemps : un millier d'années
environ... Urashima, lui, le savait !

— Somme toute, pensa-t-il, un poisson aurait tout aussi bien fait mon affaire pour dîner, sinon mieux. Pourquoi tuerais-je cette pauvre bête et la priverais-je du plaisir de vivre encore neuf cent quatre-vingt-dix-neuf ans ? Non... non, je ne serai pas aussi cruel... Je suis sûr que ma mère ne le voudrait pas non plus...

Et ce disant, plouf ! dans un grand éclaboussement d'eau, il rejeta la tortue à la mer. Puis, comme c'était l'heure de la sieste et qu'il faisait vraiment très chaud, Urashima s'allongea dans le fond de sa barque et s'endormit.

Tandis qu'il dormait ainsi, de gros nuages gris s'amoncelèrent à l'horizon. L'atmosphère devint de plus en plus pesante, le ciel parut descendre sur la mer, puis le vent se leva, quelques gouttes de pluie tombèrent

et l'orage éclata.
Urashima, réveillé, se hâta de prendre ses rames et tenta de rejoindre la côte. Mais il eut beau peiner, les vagues, de plus en plus hautes, le tenaient prisonnier, le rejetant à droite, à gauche, le hissant sur leurs crêtes puis le précipitant au fond de leurs creux. A lutter ainsi contre la tempête, le pauvre garçon s'épuisait. Une première rame se brisa, puis la deuxième. L'eau envahissait la petite embarcation. Urashima essaya d'en rejeter le plus possible avec ses deux mains, il ne put bientôt plus résister. Il allait couler. Il pensa une dernière fois à sa mère, à ses frères, à la petite maison au bord du ruisseau et ferma les yeux,
et le bateau s'enfonça dans la mer...
Mais à sa grande surprise, Urashima se sentit soutenu par quelque chose

de dur. Il ouvrit craintivement les yeux et s'aperçut qu'il était effectivement porté par une surface dure et brune qui n'avait rien d'une planche ni d'un rocher. Il essaya de s'asseoir et au même instant il entendit une voix qui lui disait :

— N'aie pas peur, Urashima, et cramponne-toi bien. C'est la fille du dieu de la Mer qui m'envoie vers toi.

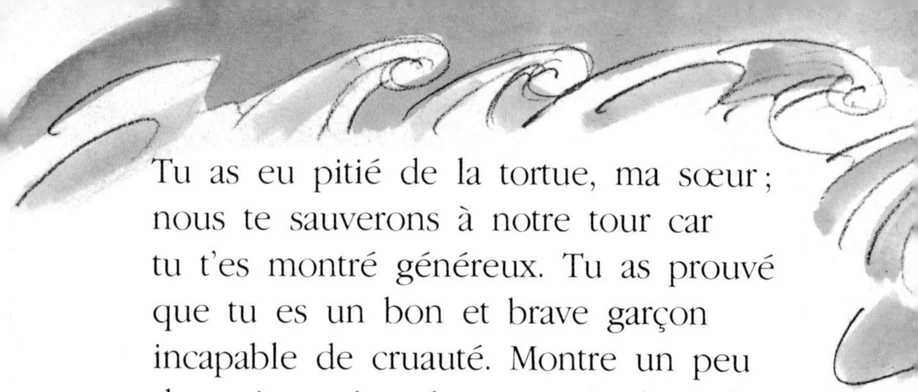

Tu as eu pitié de la tortue, ma sœur ; nous te sauverons à notre tour car tu t'es montré généreux. Tu as prouvé que tu es un bon et brave garçon incapable de cruauté. Montre un peu de patience à présent, car je t'emmène loin, très loin, par-delà les vagues et les océans au palais des Dragons où t'attendent le dieu de la Mer et sa fille et le voyage sera long !
Urashima se retourna sur le ventre, étendit les bras et s'agrippa aux bords de la carapace de la tortue.
C'était une grosse tortue de mer et il n'était pas trop mal installé.
Mais les vagues encore très grosses le secouaient et il risquait à chaque instant d'être enlevé, aussi se tenait-il accroché le plus fermement possible.
Peu à peu la tempête se calma et Urashima se laissa aller au sommeil.
Il était à bout de forces.

Il dormit très longtemps. A plusieurs reprises il s'était réveillé, puis rendormi. Et la tortue nageait toujours. Puis il lui sembla qu'il enfonçait, enfonçait sans fin dans l'océan. Un sentiment de bien-être extraordinaire, la sensation d'un silence particulier lui firent ouvrir les yeux et il crut rêver encore. Il était dans un endroit merveilleux. Devant lui se dressait un palais aux murs de corail. Les arbres qui l'entouraient portaient des émeraudes en guise de feuilles et des rubis en guise de fruits.

Dès fleurs éclatantes et inconnues
remplissaient les jardins.
Et tout un peuple de poissons, de
tortues, de dragons allaient et venaient
alentour. Mais quels poissons !
quelles tortues ! quels dragons !
Les écailles des poissons étaient
d'argent, les queues des dragons
semblaient d'or pur,
et les carapaces des tortues
étaient cloutées de diamants.
Alors s'avancèrent vers Urashima
ébloui le dieu de la Mer et sa fille,
la princesse des Dragons, qui était
certes la plus ravissante créature
qui eût jamais existé.
— Entre, Urashima, dirent-ils,
tu es chez toi, ici...
L'intérieur du palais étincelait d'or,
de perles et de pierreries.
Dès lors, Urashima mena
une existence fastueuse et oisive.

Ce n'était que jeux, plaisirs et réjouissances, promenades dans les jardins. Mais son bonheur ne fut complet que le jour où le dieu de la Mer lui accorda sa fille en mariage. Les noces furent célébrées avec une magnificence digne des richesses du souverain. Les fêtes durèrent tout un mois : durant la journée, festins, jeux, danses se succédaient sans interruption ; le soir, le palais s'illuminait de milliers de lumières

jetant des feux si étincelants que
les animaux minuscules qui remontent
en troupe à la surface des mers
demeuraient tout imprégnés de cet
éclat féerique et répandaient
autour d'eux des phosphorescences
dans la nuit.
Enfin, le dieu de la Mer
fit un présent au petit pêcheur :
il lui fit don d'une jeunesse
et d'une vie éternelles.
Trois ans se passèrent. Trois ans
de bonheur, d'insouciance...
Cependant, un matin, Urashima
dit à sa femme :
— Je voudrais faire un voyage...
— N'es-tu pas heureux, ici, Urashima ?
demanda-t-elle.
— Je suis parfaitement heureux ici
avec toi, ma douce,
ma jolie princesse, répondit Urashima,
et pourtant je voudrais retourner

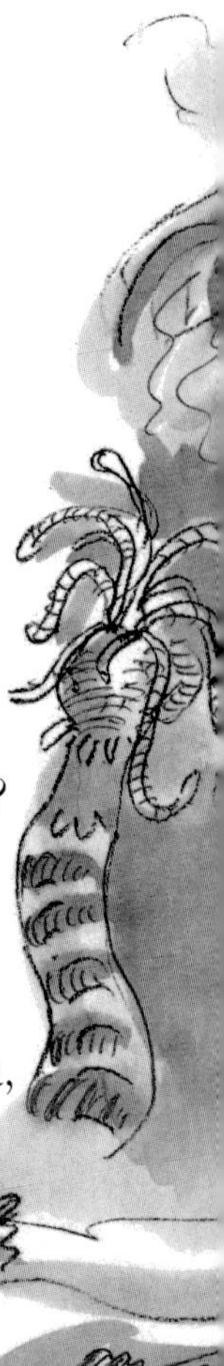

à la maison. Je voudrais revoir mon père, ma mère, mes frères, mes sœurs... Laisse-moi partir, oh ! pas pour longtemps ! Je reviendrai bientôt, je te le promets !

— Oh ! Urashima, je ne voudrais pas que tu me quittes, répondit la princesse. Je crains qu'un malheur ne te frappe... Cependant si tu tiens absolument à partir, je ne puis t'en empêcher. Emporte seulement cette petite cassette d'or. Elle contient un talisman qui te protégera. Mais promets-moi de ne jamais l'ouvrir, car si tu l'ouvrais tu ne pourrais plus revenir...

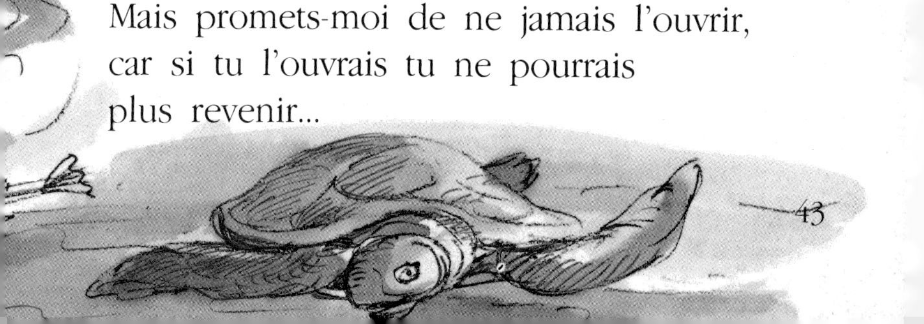

Quand tu auras terminé ton voyage,
tu viendras au bord de l'océan
et tu appelleras la tortue
qui te ramènera auprès de moi.
Va, et prends bien soin du coffret...
Urashima promit de prendre bien soin
du coffret et de ne l'ouvrir
sous aucun prétexte.
Puis, montant sur son bateau, il partit.
Au bout d'un très long temps,
il atteignit enfin les côtes de son pays
natal. Mais que s'était-il donc passé
durant son absence ?
Où était la maison de son père ?

Qu'était devenu le village où il avait grandi ? Les montagnes étaient là, certes, comme autrefois, mais tous les arbres par contre avaient été coupés...
Le petit ruisseau qui courait près de la maison paternelle continuait à y courir mais les lavandières n'y battaient plus le linge...
Tout semblait morne, désert...
Comment les choses avaient-elles pu changer à ce point en trois ans !
C'était incompréhensible, vraiment...
Comme deux hommes passaient le long du rivage, Urashima s'approcha et leur demanda :

— Pourriez-vous me dire, s'il vous plaît, où est la maison d'Urashima ? Il me semble pourtant bien qu'elle s'élevait ici même ?

— Urashima ? répondit le plus âgé des deux hommes, attendez... Urashima ?... Oh ! mais il y a au moins quatre cents ans qu'il s'est noyé en pêchant ! Ses parents, ses frères, leurs enfants et leurs petits-enfants sont tous morts il y a longtemps... C'est une vieille, vieille histoire ! Quelle drôle d'idée que de chercher leur maison ! Il y a belle lurette qu'elle est tombée en ruines !...

Alors Urashima comprit soudain que le palais du dieu de la Mer au-delà des vagues, avec ses murs de corail, ses arbres aux fruits de rubis et ses dragons à la queue d'or pur, devait être un pays enchanté où une journée durait probablement autant qu'une année chez nous et que les trois années qu'il venait d'y passer avaient en réalité duré des centaines d'années. Il était par conséquent inutile de s'obstiner à chercher sa maison natale à présent que ses parents et amis étaient tous morts et enterrés et que le village lui-même avait disparu. Et Urashima fut pris d'une grande impatience de retrouver sa femme, la jolie princesse des Dragons, par-delà les mers. Mais quel chemin prendre pour y retourner ? Il ne trouverait personne pour le lui indiquer...

— Peut-être, pensa-t-il, peut-être que si j'ouvre le coffret qu'elle m'a confié saurai-je mieux trouver ma route ?
Pauvre étourdi qu'il était ! Il trahit son serment de ne pas ouvrir la petite cassette. Peut-être avait-il vraiment oublié sa promesse ?
Toujours est-il qu'il ouvrit la petite boîte d'or...
Il en sortit un nuage... rien qu'un blanc nuage qui s'étira et se mit à flotter sur la mer. Urashima cria au nuage de s'arrêter, courut après lui, le rappela désespérément car il se souvenait à présent de

ce que sa femme lui avait dit
et que s'il ouvrait ce coffret
il ne pourrait plus jamais retrouver
le chemin du palais des Dragons.
Mais bientôt, il devint incapable
de courir, ni même de crier
car ses cheveux étaient brusquement
devenus blancs comme neige,
sa face s'était toute ratatinée,
toute ridée et son dos s'était voûté
comme celui d'un très vieil homme.
Puis sa respiration se fit plus courte,
il rassembla ses dernières forces pour
appeler la tortue, mais ce fut en vain
et il tomba mort sur le sable.

Le nuage contenu dans la petite cassette d'or était le génie de la jeunesse...
Pauvre Urashima...
Et vous, dites-moi, auriez-vous aimé aller jusqu'au palais des Dragons par-delà les mers, là où vit le dieu de la Mer qui règne sur les tortues et les poissons ? Où les arbres ont des émeraudes pour feuilles et des rubis pour fruits ?
Où les poissons ont des écailles d'argent et les dragons des queues d'or pur ?
Dites-moi, auriez-vous aimé y aller ?

Le rusé renard

Le renard moustachu,
oreilles pointues, est assis
au bord de la rivière.
Il réfléchit.
— Des petits poissons crus feraient
bien mon affaire !
Mais comment les attraper ?
Et voilà que, flottant sur l'eau, passe
une branche d'arbre.
Sur la branche, deux mouettes
grises sont posées.
— Que faites-vous là,
mouettes grises ? demande le renard.
— Nous pêchons des poissons,
répondent les mouettes.

— Prenez-moi avec vous ! dit le renard.

— Eh bien, viens ! Saute sur la branche !

Le renard saute, hop !... mais il est trop lourd. La branche chavire et s'enfonce. Les mouettes s'envolent. Le renard tombe dans l'eau...

Il barbote, barbote et, porté
par la rivière, il arrive jusqu'à la mer.
Autour de lui il n'y a plus
que de l'eau.
— Oh ! là ! là ! se dit le renard,
je vais me noyer !
Allons, mes pattes, servez-moi
de rames et toi, ma queue,
sois mon gouvernail !
Et ses pattes repoussent l'eau
comme des rames et sa queue vire
à droite, vire à gauche
tout comme un vrai gouvernail.
Et le renard avance dans l'eau comme
s'il était un bateau.

Seulement le renard a oublié
d'ordonner à sa queue-gouvernail
de le ramener vers la terre
et ils s'en vont droit devant eux,
lui, ses pattes et sa queue.
Les pattes ont beau travailler,
la queue a beau virer,
le renard ne voit pas le rivage.
Le voilà bientôt en pleine mer.
Que faire ?
De quel côté aller maintenant ?
Le renard était bien ennuyé
et, pour tout dire, peu rassuré.

Juste à ce moment,
un phoque sortit son nez noir
entre deux vagues.
— Quelle drôle de rencontre !
dit le phoque en secouant
ses moustaches. Un renard dans la mer ?
Aurais-tu perdu ton chemin ?
Comment pourras-tu regagner
la terre à présent... tu es trop loin !
— Perdu mon chemin ?

répond le renard. Pas du tout !
Je suis venu tout exprès pour voir s'il
y a encore des animaux dans la mer.
On m'avait dit
qu'il n'en restait presque plus...
— Quelle idée ! dit le phoque. Nous
sommes très nombreux, au contraire.
Il y a encore beaucoup de phoques,
de morses, de baleines
et de cachalots, tu peux me croire !
— Vraiment ? dit le renard.
Tant que je ne l'aurai pas vu,
de mes yeux vu, je n'y croirai pas.
Va chercher tes amis les phoques,
les morses, les baleines et
les cachalots et rangez-vous les uns
à côté des autres. Ainsi pourrai-je
vous compter plus facilement !
Le phoque plongea et au bout d'un
moment revint avec ses amis
les phoques, les morses, les baleines
et les cachalots.

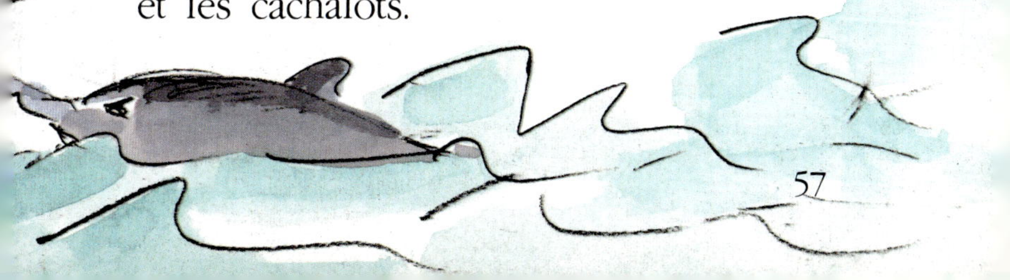

Ils se rangèrent tous les uns à côté des autres et il y en avait tant qu'ils allaient jusqu'au rivage.
Et le rusé renard grimpa sur eux et tout en courant sur leur dos, il comptait :
« Un phoque, deux phoques, trois phoques, quatre phoques, etc.
« Un morse, deux morses, trois morses, quatre morses, etc.
« Une baleine, deux baleines, trois baleines, quatre baleines, etc.
« Un cachalot, deux cachalots, trois cachalots, quatre cachalots, etc.
Il arriva ainsi jusqu'à la plage.
Alors le premier phoque demanda :
— Eh bien, qu'en penses-tu, renard moustachu, sommes-nous nombreux, oui ou non ?

— Oh ! pour ça, oui, vous êtes nombreux, dit le renard. Juste assez nombreux pour me faire un beau pont sur toute la mer ! Grâce à vous je n'ai pas eu à nager pour revenir à terre. Au revoir, vous pouvez vous en aller à présent ! Je n'ai plus besoin de vous. Et moi, je vais me reposer un peu ! Toutes les grosses bêtes marines plongèrent, battant l'eau de leur queue, fâchées de ce que le renard se soit moqué d'elles.

Et le renard moustachu, oreilles pointues, ôtant sa fourrure, la suspendit sur un petit buisson pour qu'elle sèche au soleil. Puis il détacha sa queue et la posa sur une pierre pour qu'elle sèche aussi. Enfin il prit un de ses yeux, l'accrocha à une branche et lui dit :

— Toi, petit œil, fais bien attention ! Veille à ce que personne ne prenne ma jolie fourrure, à ce que personne n'emporte ma belle queue !

Après quoi il se coucha au soleil et s'endormit.

Pendant que le renard dormait
tranquillement, deux pies
qui voletaient par là aperçurent l'œil
qui se balançait et regardait
de tous côtés, brillant et clignotant...
— Oh ! qu'il est joli !
dit la première pie.
— Je l'emporte dans notre nid,
dit la deuxième pie.
Quand le renard se réveilla,
il s'étira, puis remit sa belle fourrure
toute tiède de soleil, rattacha
sa jolie queue et voulut reprendre
son œil brillant et clignotant.
Mais il n'y avait plus d'œil accroché
sur la branche.

— Quel œil stupide, marmonna le renard.
Je lui donne à garder ma fourrure
et ma queue, et il n'est même pas
capable de se garder lui-même !
Il va me falloir en chercher un autre !
Et il s'en alla dans la forêt.
Il chercha longtemps, longtemps
et enfin trouva un champ de myrtilles.
Il choisit une baie très grosse
et s'en fit un œil.
Puis il regarda autour de lui.
Tout était noir.
— Non, ça ne va pas, dit le renard.
Et il jeta la myrtille.

Plus loin il trouva un petit glaçon.
— Voyons un peu, dit le renard
qui s'en fit un œil.
Puis il regarda autour de lui.
Tout était clair.
— C'est parfait, dit le renard.
C'est même mieux qu'avant.
Mais le petit glaçon, en se réchauffant,
se mit à fondre
et à couler sur le museau du renard.
Et dans la forêt toutes les bêtes
qu'il rencontre lui demandent :
— Tu as du chagrin, renard
moustachu ? Pourquoi pleures-tu ?
— Je ne pleure pas de chagrin,
répond le renard,
je pleure parce que j'ai faim...
— Pauvre renard, disent les bêtes
avec pitié. Attends,
nous te donnerons à manger...
C'est justement
ce qu'espérait le rusé animal.

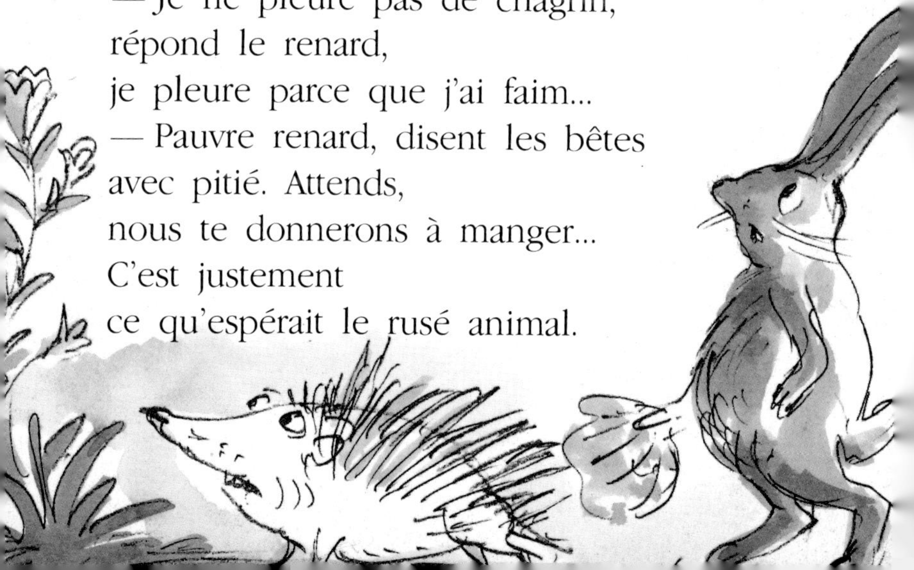

Et voilà comment le renard moustachu,
oreilles pointues,
se moquait de tout le monde.

La bavarde

Il était une fois une bonne vieille paysanne bavarde comme une pie. Il n'était rien qu'elle pût garder pour elle. A peine apprenait-elle quelque chose que la langue lui démangeait et qu'il lui fallait courir tout raconter à ses voisines et mettre le village entier au courant de la nouvelle.

Et si encore elle s'était contentée de redire ce qu'elle avait entendu ! Mais pensez-vous ! Elle brodait, elle ajoutait et la moindre petite histoire passant par sa bouche se transformait en une incroyable aventure.

Un jour que son vieux paysan de mari ramassait du bois dans la forêt,

il posa le pied sur une motte de terre. La motte de terre s'effondra et son pied s'enfonça dans un trou.

— Que peut-il bien y avoir là ? se demanda le vieux.

Il cassa une branche et fouilla dans le trou.

Et voilà qu'il découvrit un petit chaudron. Et ce petit chaudron était rempli de pièces d'or.

— Quelle aubaine ! pensa le vieux. Mais comment l'emporter à la maison ? Si ma vieille bavarde de femme voit le chaudron, elle ira tout raconter à tout le monde. Et je n'aurai que des ennuis...

Le vieux s'assit sur une souche
et se mit à réfléchir.
Il réfléchit une heure,
il réfléchit deux heures,
puis il enterra de nouveau le chaudron
et rentra chez lui sans rien dire.
Le lendemain matin, il se leva tôt
et prit dans le buffet toute une pile
de galettes que sa femme
avait préparées la veille.
Puis il alla au clapier où il attrapa
un gros lapin.
Et enfin, dans le bassin du jardin
du seigneur,
il pêcha la plus grosse truite.
Et il retourna dans la forêt.
Tout le long du sentier il attacha
les galettes aux branches des buissons.
La truite, il l'accrocha au sommet
d'un haut sapin. Quand au lapin,
il le mit dans une nasse
et le plongea dans la rivière.

Puis il revint chez lui.
— Il m'arrive une aventure extraordinaire ! s'écria-t-il en entrant dans sa petite maison. Imagine-toi, chère bonne vieille femme...
Mais si je te le dis,
tu iras le raconter partout !

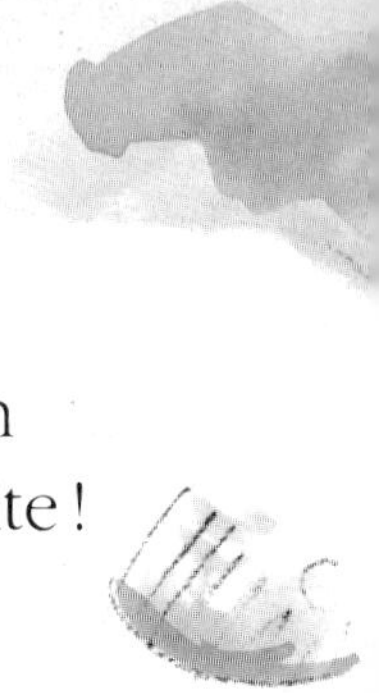

— Non, non, cher petit vieux,
je te le promets — je ne dirai rien
à personne — mais raconte vite, vite !
— Eh bien, voilà... Mais c'est sûr ?
Tu ne le diras à personne ?
— A personne, à personne !
répéta la vieille.
— Eh bien... dans la forêt...
dans un trou... j'ai trouvé un chaudron
rempli de pièces d'or...
— Grand Dieu ! s'écria la vieille.
Allons le chercher tout de suite !
— Prends bien garde à ce que tu diras,
reprit le vieux.
Sinon, nous aurons des ennuis !
— Oui, oui... c'est entendu !
répondit la vieille avec impatience.
Je ne dirai rien de plus que toi.
Mais allons vite, je t'en prie !

Le vieux paysan conduisit donc
sa femme dans la forêt.
Chemin faisant, elle aperçut
les galettes qui se balançaient
aux branches des buissons.
— Regarde, petit père,
dit-elle, regarde !
A-t-on jamais vu chose pareille !
Il y a des galettes aux branches !
— Eh quoi ! répondit tranquillement
le vieux, après avoir regardé.
C'est tout simple ! Un nuage
de galettes aura passé par là cette nuit
et aura crevé au-dessus de la forêt...
La vieille s'émerveilla
et ne dit plus rien.

Ils poursuivirent leur chemin.
Et tout à coup la vieille aperçut
la truite au sommet du sapin.
— Petit père, petit père, arrête-toi !
cria-t-elle.
— Eh bien quoi ? dit le vieux.
Que regardes-tu ?
Dépêchons-nous, voyons !
— Mais n'as-tu pas vu, petit père ?
Il y a une truite en haut du sapin !
— Ah ! dit tranquillement le vieux.
Tant mieux ! Attends-moi un instant.
Je vais grimper la chercher.
Nous la ferons cuire pour le dîner.
Et le vieux paysan grimpa sur l'arbre
et décrocha la truite.
Et la vieille paysanne s'émerveilla
encore une fois.
Ils continuèrent leur chemin.
Bientôt ils furent devant la rivière.
— Puisque nous sommes là,
dit le vieux, regardons dans la nasse.

Il regarda dans la nasse et poussa un cri de joie.

— Quelle chance ! Il y a un lapin dans la nasse !

— Es-tu fou ? demanda la vieille. Depuis quand les lapins se prennent-ils à la nasse ?

— C'est pourtant comme ça, répondit tranquillement le vieux. Nous aurons un bon civet dimanche.

Et il prit le lapin et le fourra dans son sac.

Ils arrivèrent enfin à l'endroit où était enterré le chaudron avec l'or, le déterrèrent et le rapportèrent à la maison.
La nuit tombait. Il faisait déjà sombre. Non loin de là, un troupeau rentrait à l'étable et les vaches meuglaient.
— Tu entends les vaches, petit père ? dit la vieille paysanne.
— Des vaches ? Quelles vaches ? répondit le vieux paysan. Ce sont les diables qui rossent notre maître et c'est lui qui crie.

Un peu plus loin, la vieille reprit :
— Et cette fois, petit père, n'entends-tu pas les bœufs qui beuglent ?
— Des bœufs ? Quels bœufs ?
Je te dis que ce sont les diables qui rossent notre maître et c'est lui qui crie !
Rentrés chez eux, les deux vieux paysans cachent soigneusement l'or. La vieille femme se tait un jour, se tait deux jours mais elle n'y peut plus tenir et se précipite le troisième jour chez ses voisines, chuchote la nouvelle aux unes, donne des détails aux autres, raconte toutes sortes de merveilles. Ce n'est plus un petit chaudron mais un gros, ce n'est plus un gros chaudron mais une marmite, ce n'est plus une marmite mais un tonneau.

Et de voisine en voisine, de bouche en bouche, l'incroyable aventure fait le tour du village, arrive jusqu'aux oreilles du gardien du château qui la raconte aux cuisiniers qui la racontent aux domestiques qui la racontent au seigneur lui-même. Le seigneur se rendit chez le vieux paysan.

— Ainsi, vieux renard, lui dit-il,
tu trouves de l'or sur mes terres
et tu le gardes pour toi ! Rends-le moi
immédiatement, il m'appartient.
— De l'or ? répondit le paysan,
je vous assure, Maître, que je n'ai pas
trouvé d'or, pas la moindre piécette !
C'est encore cette pie bavarde
qui sera allée raconter des histoires !
— Comment, pie bavarde !
se fâcha la vieille paysanne.
Ce n'est pas vrai, peut-être,
que tu as trouvé un tonneau plein d'or ?
— Allons, dit le seigneur, tu vois bien.
Rends-moi cet or, sinon il t'en cuira...
— Mais où voulez-vous que
je le prenne ? gémit le rusé paysan.
Interrogez ma femme et vous verrez
que tout cela n'existe pas...
— Eh bien, dit le seigneur,
je t'écoute, ma brave femme.
Raconte-moi tout.

— Voilà, Maître, dit la vieille.
Nous sommes allés au bois juste après que le nuage de galettes ait crevé.
Il y avait encore des galettes accrochées à toutes les branches...
— Qu'est-ce que tu racontes ?
s'étonna le seigneur.
— C'est comme je vous le dis, Maître. Il y avait des galettes accrochées comme des feuilles ;
et puis nous sommes arrivés devant un sapin où poussait une truite...
— Vous voyez bien, Maître, qu'elle ne sait ce qu'elle dit,
s'écria le vieux paysan.
— Si, je sais ce que je dis,
cria la vieille se fâchant de nouveau.
La truite poussait tout en haut du sapin.
Et après, dans la rivière, nous avons trouvé un lapin pris dans la nasse...
— Comment ça, dit le seigneur,
un lapin dans la rivière ?

— Maître ! N'écoutez plus ses sornettes,
dit le vieux.
— Tais-toi ! cria la vieille
de plus en plus fâchée.
Ce ne sont pas des sornettes.
Et c'est à côté de la rivière
que nous avons déterré l'or
et nous l'avons rapporté à la maison juste
au moment où les diables rossaient le Maître...
— Qu'est-ce que tu dis ?
cria à son tour le seigneur, furieux.

— Oui, parfaitement, je me rappelle très bien que c'était le soir où les diables vous rossaient, Maître...
— Mais ta femme raconte n'importe quoi ! dit le seigneur.
— Je vous l'avais bien dit, Maître, répondit le paysan.
Mais le seigneur était déjà parti en claquant la porte.
Et le vieux paysan garda son trésor.
Il paraît, tout de même, que depuis cette histoire la vieille paysanne sait un peu mieux tenir sa langue...

La montagne du soleil

Il y a fort longtemps de cela
vivaient à Tchen-Dou, en Chine,
deux frères. Ils habitaient la même
maison mais ne s'entendaient guère.
L'aîné était avide et riche
tandis que le cadet était resté pauvre.
L'aîné était marié et sa femme n'était
pas plus généreuse que lui.
De plus, elle détestait son jeune beau-frère.
Quand vint le printemps
et qu'il fut temps de semer le riz,
l'aîné des frères partit aux champs
et fit ses semailles. Le cadet était si pauvre
qu'il ne possédait pas même une
poignée de grains à mettre en terre.

Il en demanda à son frère :
— Prête-moi un peu de riz pour
mes semailles, dit-il.
Et quand je moissonnerai,
je te le rendrai...
L'aîné, trop cupide,
refusa de prêter la poignée de riz
qui lui était demandée.
Mais sa femme,
qui était présente, répondit :
— C'est bon. Moi, je vais t'en donner.
Mais il te faudra
attendre un petit moment.
Vite, elle mit à bouillir un pot de riz,
puis elle l'apporta au frère plus jeune :
— Voilà, dit-elle. Tu peux aller semer
maintenant... Il est déjà tout trempé...
Il faut que vous sachiez
qu'avant de semer les grains de riz,
on les laisse séjourner un jour
et une nuit dans de l'eau tiède
pour préparer la germination.

Le cadet ne s'étonna donc pas
de l'aspect humide des grains
et, sans se douter de rien,
sema son riz, puis attendit
que sortent les jeunes pousses
pour les arracher et les repiquer
dans les champs inondés
comme font tous les planteurs de riz.

Mais il eut beau attendre, le grain bouilli, bien sûr, ne germait pas. Un seul, un unique petit grain donna un plant que le frère cadet enleva soigneusement de terre et qu'il replanta dans un sillon plein d'eau.

La petite tige verte grandissait, grandissait et devenait de jour en jour plus forte et le jeune homme passait ses journées à surveiller cet épi solitaire. Du matin au soir il l'arrosait, serfouissait la terre autour de son pied, le préservait des chenilles et des hannetons. Et, à son grand étonnement, cet épi se transforma peu à peu en arbre véritable, haut et branchu. Et les branches de cet arbre étaient si longues et son feuillage si épais qu'ils couvraient le champ tout entier. Et les grains de riz étaient si gros et si lourds qu'ils courbaient les branches jusqu'à terre.

Le jour de la moisson arriva enfin.
Le frère cadet se leva
de bonne heure, prit une cognée,
alla dans son champ
et abattit l'arbre merveilleux.
Mais à peine l'arbre est-il tombé
que le temps s'obscurcit,
qu'un grand vent s'élève et
qu'un gigantesque oiseau aux plumes
noires apparaît au-dessus du champ.
Il saisit l'arbre merveilleux
dans ses serres et remonte dans l'air.

Alors, le frère cadet, désespéré
de perdre le fruit de tant de travail,
s'agrippa aux branches
et il fallut bien que l'oiseau
emportât l'homme aussi.
L'oiseau vola jusqu'au bord de la mer
et là, fatigué, se posa à terre.

— Écoute, brave homme, dit l'oiseau, tiens-tu tant que cela à ton arbre ? Donne-le moi.
Et pour te remercier je te transporterai sur une montagne enchantée où les cailloux sont tous d'or et d'argent. Tu en ramasseras à ton aise.

Le frère cadet se réjouit. Il lâcha son arbre, grimpa sur le dos de l'oiseau et l'oiseau prit son vol.

— Ferme les yeux, ordonna l'oiseau.

Le frère cadet ferma les yeux. Ils allaient si rapidement qu'il sentait le vent siffler à ses oreilles. Bientôt l'oiseau se posa au pied d'une montagne, dans une île inconnue, au milieu de la mer.

— Eh bien, dit l'oiseau, tu peux regarder, maintenant et vois combien d'or autour de toi. Va, ramasse tout ce que tu veux, mais dépêche-toi.
C'est la Montagne du soleil.
Si nous tardons trop longtemps ici, le soleil rentrera se coucher et te brûlera et je ne pourrai t'être d'aucun secours...
Le frère cadet regarda autour de lui, réfléchit un instant, puis il se baissa et ramassa un petit morceau d'or qu'il mit dans sa poche.
— C'est tout ce que tu prends ? s'étonna l'oiseau.
— Cela me suffit, répondit l'homme.
— Dans ce cas, reprit l'oiseau, remonte sur mon dos et partons.

Le frère cadet s'installa sur le dos de l'oiseau, ferma les yeux et après une heure de vol, ils atterrissaient près de la maison des deux frères. Le cadet fit ses adieux à l'oiseau et rentra chez lui tandis que l'oiseau remontait dans le ciel.

Quelques jours plus tard, le cadet s'acheta un grand morceau de terre, se construisit une maison et quitta son frère aîné et sa méchante femme.

Il vécut dès lors seul,
travaillant de l'aube à la nuit,
et se trouvait parfaitement heureux.

Cependant le frère aîné était rongé par la jalousie et la curiosité. N'y tenant plus, il vint un matin voir son jeune frère et le questionna :

— Où as-tu trouvé l'or ?

Le cadet lui raconta ce qui s'était passé. Alors le frère aîné rentra vite chez lui et dit à sa femme :

— Sais-tu, femme, nous pouvons en faire autant ! Rien n'est plus facile !

La femme fit donc bouillir à nouveau un pot de riz que son mari alla semer. Et tout fut comme l'avait dit le frère cadet : un seul grain germa, mais qui grandit tant qu'il devint semblable à un arbre. Puis quand le frère aîné coupa l'arbre, le ciel devint noir, un grand vent s'éleva et le gigantesque oiseau parut.

— Donne-moi cet arbre, dit l'oiseau,
et je te porterai à la Montagne
du soleil. Là tu ramasseras autant d'or
et d'argent que tu voudras...
— Vite ! emporte-moi !
cria le frère aîné, impatient.
L'oiseau s'envola
donc avec l'homme
sur son dos et ils se posèrent
dans l'île au milieu de la mer,
au pied de la montagne enchantée.

— Va et ramasse l'or, dit l'oiseau.
Mais prends garde de t'attarder
car le soleil va rentrer se coucher.
Il te brûlerait de ses rayons.
Mais le frère aîné n'entend pas l'oiseau.
L'or, sous ses pieds, resplendit
de ses feux jaunes ;
les pierres précieuses de toutes couleurs
étincellent et l'éblouissent ;

de gros blocs d'argent brillent partout...
Les mains du frère aîné
tremblent de convoitise. A genoux,
il ramasse toutes ces richesses.
Il ramasse, il ramasse...
il en bourre ses poches, il en met
dans ses manches, il en glisse
dans sa chemise, il tâche d'en prendre
encore et encore...

— Assez ! crie l'oiseau.
Ce sera trop lourd à porter !
— Ça ne fait rien, répond l'homme
avide, tu y arriveras bien !
Tandis que lui-même plie déjà
sous le poids des lourds cailloux.
— Allons ! crie l'oiseau. Il est temps !
Le soleil va rentrer !
— Attends ! répond l'homme insatiable,
j'en veux ramasser
encore un peu...

Au même instant un soleil
énorme et éclatant se leva
au-dessus de la mer.
Il étendit ses rayons brûlants vers l'île
et le frère aîné trop cupide
fut calciné sur-le-champ.
L'oiseau s'était envolé.

En Chine, les vieilles gens disent
qu'il en est toujours ainsi :
que le soleil est l'ami du pauvre,
le réchauffe et lui donne une parcelle
de son or. Mais si un homme
trop avide veut s'emparer de trop
de richesses pour lui seul, alors
le soleil, courroucé, le brûle
de ses rayons...

Letiko, la fille du soleil

Il était une fois une brave femme
qui n'avait pas d'enfant
et ne pouvait s'en consoler.
Un jour, le soleil qui l'écoutait
se lamenter lui dit :
— Écoute, si tu veux,
je puis t'envoyer une fille.
Mais à condition que tu me la rendes
lorsqu'elle aura douze ans.
— C'est entendu,
dit la femme déjà pleine d'espoir.
Et le soleil envoya aussitôt
une petite fille à la bonne femme.
Elle la nomma Letiko et l'entoura
de soins et de tendresse.

Les douze ans passèrent.
La brave femme ne songeait plus
à sa promesse. Mais un jour que l'enfant
était occupée à cueillir des herbes,
le soleil, se glissant vers elle, lui dit :
— Fillette, quand tu rentreras
à la maison tu diras à ta mère
qu'elle se rappelle ce qu'elle m'a promis !
Aussitôt rentrée à la maison,
Letiko dit à sa mère :
— Mère, tandis que je cueillais
les herbes, il est venu un beau seigneur
tout brillant qui m'as dit de te rappeler
ce que tu lui as promis !

A ces mots la bonne femme pâlit
et se mit à trembler.
— Letiko, mon enfant bien-aimée,
dit-elle, un grand malheur nous
attend :
le soleil te veut pour servante !
Puis elle ferma rapidement
toutes les portes et les fenêtres, tira
les rideaux, boucha toutes les fentes
et toutes les ouvertures afin
que le soleil ne puisse pénétrer
dans la maison et lui reprendre l'enfant.
Mais elle avait oublié,
malheureusement, de boucher aussi
le trou de la serrure.

Et le soleil fit glisser par là
un de ses rayons qui prit Letiko
et l'emporta.
Le soleil n'était pas un méchant maître.
Mais à son service
Letiko ne pouvait oublier la mère
qu'elle avait perdue.
Un jour, le soleil envoya Letiko
chercher de la paille.
Dans la grange, les gerbes sèches
craquaient sous les pieds de l'enfant.
Letiko s'assit sur une botte de paille
et soupira :

Paille luisante, paille dorée,
Tu cries et gémis sous mes pieds...
Ainsi crie et gémit mon cœur, de misère.
Je voudrais tant revoir ma mère !

Et elle pleura.
Elle resta longtemps dans la grange.
Si longtemps que le soleil,
impatienté, lui cria :

— Letiko ! Que fais-tu donc
tout ce temps dans la grange ?
— Soleil, mon maître, répondit Letiko,
mes souliers sont si grands
que je ne puis marcher...
Alors le soleil lui fit des souliers
à son pied.
Quelques jours plus tard,
il l'envoya chercher de l'eau.
Letiko s'assit sur une pierre,
au bord de la source et soupira :

Petite source chantante,
Petite source transparente,
Tu cours, tu cours vers la rivière...
Avec toi je voudrais courir et m'enfuir,
Je voudrais tant revoir ma mère !

Et elle pleura.

Elle resta longtemps près de la source.
Si longtemps
que le soleil, impatienté, lui cria :
— Letiko ! Que fais-tu donc
tout ce temps à la source ?
— Soleil, mon maître, répondit Letiko,
ma jupe est si longue
que je ne puis marcher…
Alors le soleil, avec des ciseaux
d'or, raccourcit la jupe de l'enfant.
Un autre jour encore, le soleil
l'envoya chercher une paire de bottes.

Et quand elle revint de chez le cordonnier, tenant les bottes à la main, elle s'assit sur le bord du chemin et soupira :

Grosses bottes noires, bottes cloutées,
Vous pesez lourd dans mes mains...
Ainsi pèse mon cœur, de chagrin
Tant je voudrais revoir ma mère !

Et elle pleura.

Elle resta longtemps sur le bord de la route. Si longtemps que le soleil, impatienté, lui cria :

— Letiko ! Que fais-tu donc tout ce temps, sur la route ?

— Soleil, mon maître, répondit Letiko, mon bonnet est trop large. Il me tombe sur les yeux et je ne puis marcher...

Alors le soleil lui fit un bonnet plus petit.

Mais le soleil avait vu qu'elle avait les yeux rouges. Et il comprit qu'elle avait du chagrin. Il l'envoya donc de nouveau chercher de la paille et observa ce qu'elle faisait. Il la vit pleurer et l'entendit appeler sa mère. Le soleil fit alors venir deux renards et leur demanda :

— Renards rapides, renards à longue queue, serez-vous capables de reconduire Letiko chez sa mère ?

— Certes oui, dirent les renards.

— Mais si vous avez faim et soif,
que mangerez-vous
et que boirez-vous en route ?
demanda encore le Soleil.
— Nous mangerons la chair de l'enfant
et nous boirons son sang, répondirent
les renards, honnêtement.
— Oh ! se dit le soleil,
je ne leur confierai pas Letiko !
Il remercia donc les renards
et fit venir deux lièvres.

— Lièvres rapides, lièvres à courte queue,
serez-vous capables
de reconduire Letiko chez sa mère ?
demanda le soleil.
— Certes oui, dirent les lièvres.
— Mais si vous avez faim et soif,
que mangerez-vous
et que boirez-vous en route ?
demanda encore le Soleil
— Nous mangerons l'herbe des bois
et des prés, nous boirons l'eau
de la rosée ! répondirent les lièvres.
— C'est bien, dit le soleil,
je vous confie Letiko.
Ramenez-là chez elle, et prenez
bien soin qu'il ne lui arrive rien !
Les voici donc partis tous les trois,
les lièvres cabriolant
sur les côtés de la route.
Letiko marchant sagement au milieu.
Mais la route est longue
et les lièvres eurent faim.

— Letiko, Letiko, dirent-ils à l'enfant,
grimpe sur cet arbre
où tu seras en sûreté et nous irons
manger un peu de trèfle...
Letiko grimpa sur l'arbre
et s'installa sur une grosse branche.
Mais à peine les lièvres se sont éloignés
qu'une affreuse lamie
(ogresse des contes grecs)
s'approche de l'arbre.
Elle n'a qu'un œil au milieu du front
et une grande bouche
avec deux longues dents...
— Letiko, mignonne Letiko,
dit la méchante sorcière d'une voix douce,
descends de ton arbre et viens voir
les beaux souliers que j'ai aux pieds.
Si tu les veux, je te les donne !
— Les miens sont plus beaux encore,
répond Letiko,
c'est le soleil qui me les a donnés !
— Letiko, mignonne Letiko,

reprend la sorcière,
viens voir ma belle jupe brodée.
Si tu la veux, je te la donne !
— La mienne est plus belle encore,
répond Letiko. C'est le soleil qui
me l'a coupée avec ses ciseaux d'or !
Voyant que l'enfant ne descend pas
de l'arbre, la lamie se met en colère.
— Descends, Letiko,
sinon je secouerai l'arbre
et quand tu tomberas je te mangerai !

— Secoue l'arbre, répond Letiko, et nous verrons après !

Mais la sorcière eut beau secouer l'arbre, Letiko ne tomba pas.

— C'est bon, marmonna la sorcière entre ses deux dents, j'irai donc chercher une hache !

Et elle courut vers sa maison.

Aussitôt Letiko se mit à crier :

— Revenez vite, mes lièvres, revenez vite !

Dans le champ de trèfle, un des lièvres a dressé ses grandes oreilles :

— Frère, entends-tu ? L'enfant nous appelle !

Et les voilà qui courent
comme le vent.
Letiko descend rapidement de l'arbre
et tous trois
se sauvent à toutes jambes.
Pendant ce temps, la sorcière
est revenue. Mais il n'y a plus personne
dans l'arbre. Seul un oiseau siffle
et se moque d'elle.
Elle cherche à droite, à gauche,
regarde devant, derrière...
— Hé ! brave homme, crie-t-elle
à un paysan qui travaille dans un champ,
n'as-tu pas vu Letiko ?
— Oui, je plante des haricots,
répond le paysan
qui est sourd comme un pot.

— Je te demande si tu n'as pas vu Letiko ! répète la sorcière d'une voix furieuse.

— Es-tu sourde ? répond le paysan, je te dis que je plante des haricots, entends-tu ? des HA-RI-COTS !

Letiko, déjà, approche de sa maison. Le chien renifle l'air et aboie :

— Ouah ! L'enfant est là !
Ouah ! ouah ! la voilà !

— Tais-toi, chien stupide, dit la mère, j'ai bien assez de chagrin !

Le chat qui se chauffe sur le toit voit Letiko et miaule :

— Miaou ! L'enfant revient chez nous !
Miaou ! Miaou !

— Tais-toi, chat stupide, dit la mère, j'ai bien assez de chagrin !

Et le coq, se redressant sur ses ergots, aperçoit l'enfant à son tour.

— Cocorico ! chante-t-il, cocorico !
Voilà Letiko !

— Tais-toi, coq stupide, dit la mère,
j'ai bien assez de chagrin !
Letiko et ses amis lièvres
sont maintenant tout près, tout près
de la maison. Ils vont franchir la porte,
quand arrive la sorcière
qui les a rattrapés. Elle tend la main
pour saisir Letiko, mais Letiko,
d'un bond, est entrée dans la maison
avec le premier lièvre.

Le deuxième lièvre, lui,
n'a pas sauté assez vite et la sorcière
a réussi à saisir le petit bout
de sa queue dont les poils
lui restent dans la main.
— Pauvre lièvre,
dit la mère de Letiko,
le prenant dans ses bras.
Sois le bienvenu avec ton frère,
vous qui me ramenez mon enfant !
Pour te consoler, je te peindrai
la queue avec de l'argent...
Et c'est depuis ce temps, voyez-vous,
que les lièvres ont la queue
couleur d'argent...

Histoire du vieux
de la vieille,
du pois
et du haricot

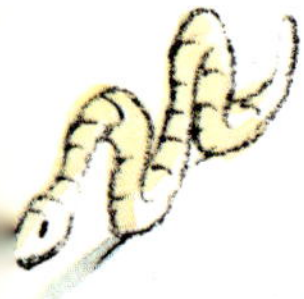

Il était une fois un vieux
et une vieille.
Le vieux avait un petit coq,
la vieille avait une poulette.
Or, un jour que le coq et la poulette
grattaient la terre, ils déterrèrent
— le coq, un pois,
et la poulette, un haricot.
Le vieux prit le pois et le haricot
et les jeta sous le banc,
près de la table. Et voilà le pois
et le haricot qui se mettent à pousser !
Ils poussent si bien qu'ils arrivent
à la hauteur du banc.
— Que faire ? demande le vieux.
— Coupe le banc, dit la vieille.
Et le vieux scia le banc.

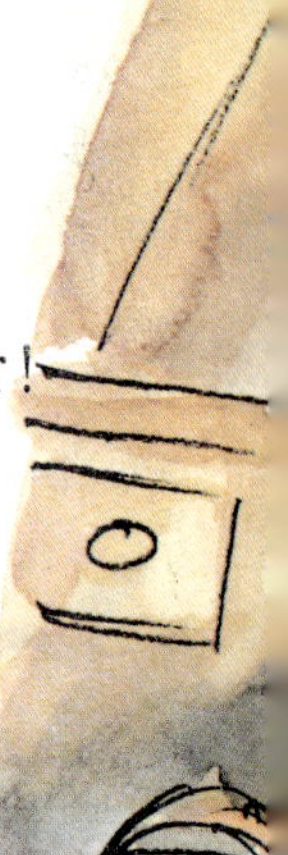

Le haricot et le pois continuent à pousser. Ils grandissent si bien qu'ils arrivent à la hauteur de la table.
— Que faire ? demande le vieux.
— Coupe la table ! dit la vieille.
Et le vieux scia la table.
Le haricot et le pois grandissent toujours. Ils sont si hauts maintenant qu'ils touchent le plafond.
— Que faire ? demande le vieux.

— Fais un trou dans le plafond !
dit la vieille. Et le vieux
fit un trou dans le plafond.
Le haricot et le pois s'allongent,
s'allongent encore. Ils arrivent au toit.
— Que faire ? demande le vieux.
— Fais un trou dans le toit !
dit la vieille.
Et le vieux fit un trou dans le toit.
Mais le haricot et le pois
ne cessent pas de grandir.
Ils montent, ils montent vers le ciel.
Et voilà qu'ils touchent le ciel.
— Tu vois ? dit le vieux,
ils sont montés jusqu'au ciel !

— Eh bien, dit la vieille, pourquoi n'irions-nous pas, nous aussi ?
— Et comment ? demande le vieux.
— Il n'y a qu'à grimper, dit la vieille.
Et le vieux et la vieille commencent de grimper : la vieille sur le pois, le vieux sur le haricot.
Ils grimpèrent longtemps.
— Arrive-t-on bientôt ? demandait le vieux.
— Pas encore, répondait la vieille, c'est haut !
Tout à coup ils furent au bout de leur peine. Ils étaient arrivés au sommet du haricot et du pois, ils étaient dans le ciel.

Il y avait là un jardin et une petite maison.
— C'est la maison du bon Dieu, dit la vieille.
Et timidement, ils frappèrent à la porte.
— Entrez ! dit une voix.
Le bon Dieu était là.
— Nous permets-tu de dormir chez toi ? demanda la vieille.
Nous sommes bien fatigués...
— Oui, vous pouvez dormir ici, dit le bon Dieu, mais ne touchez pas à mes galettes...
— C'est promis, disent le vieux et la vieille, qui se couchent.
Mais pendant la nuit, la vieille se réveille.
— Elles sentent bien bon, les galettes du bon Dieu, dit-elle.
J'aimerais tant y goûter...

— Il ne faut pas y toucher, dit le vieux.
Le bon Dieu se fâcherait.
La vieille obéit et se rendort.
Un peu plus tard, elle se réveille
de nouveau et dit au vieux :
— Je n'y puis plus tenir ;
il me faut y goûter.
Oh ! un petit morceau seulement !
Mais à peine y a-t-elle touché que le plat
se brise, que les galettes redeviennent
pâte et coulent sur la table.
Le vieux et la vieille essaient
de ramasser les morceaux du plat,
de ramasser la pâte...

Mais ils eurent beau travailler
toute la nuit, ils ne réussirent à rien.
Au matin, le coq chanta.
Et aussitôt, l'assiette redevint entière
et la pâte reprit sa forme de galettes.
Le bon Dieu s'approcha et demanda :
— N'avez-vous pas touché
à mes galettes ?
— Oh ! non !
répondirent le vieux et la vieille.
Alors le bon Dieu se fâcha
et les renvoya du ciel.

Le lendemain, le vieux et la vieille grimpèrent de nouveau le long du pois et du haricot et revinrent au ciel.
— Nous permets-tu de dormir chez toi ? demanda la vieille au bon Dieu.
— Vous pouvez rester dans le jardin, permit le bon Dieu.
Mais ne touchez pas à mes pommes !
— C'est promis !
disent le vieux et la vieille.
Et ils s'installent au jardin.
Pendant la nuit, la vieille se réveille.
— Elles sont si belles,
les pommes du bon Dieu, dit-elle.
J'aimerais tant y goûter...

— Il ne faut pas y toucher, dit le vieux. Le bon Dieu se fâcherait. Mais un peu plus tard, la vieille arracha quand même une pomme et aussitôt toutes les pommes de l'arbre tombèrent par terre. Effrayés, le vieux et la vieille ne savaient que faire.

Enfin le vieux eut une idée. Il arracha des cheveux à la vieille et ils essayèrent de rattacher les pommes au pommier. Mais les pommes ne tenaient pas et retombaient par terre...

Au matin, le coq chanta. Et au même instant, les pommes reprirent leur place sur l'arbre.

Le bon Dieu s'approcha et demanda :

— N'avez-vous pas touché à mes pommes ?

— Oh ! non ! répondirent le vieux et la vieille. Alors le bon Dieu se fâcha et les renvoya du ciel.

Le troisième jour, pour la troisième fois, le vieux et la vieille grimpèrent le long du pois et du haricot et arrivèrent au ciel.

— Nous permets-tu de dormir chez toi ? demanda la vieille.

— Allez dans ma remise, répondit le bon Dieu, mais ne touchez pas à mes charrettes.
— C'est promis, disent le vieux et la vieille.
Et ils s'en vont dans la remise.
Pendant la nuit, la vieille se réveille et dit au vieux :
— J'aimerais bien aller faire un petit tour dans le ciel avec une des charrettes du bon Dieu !
— Il ne faut pas y toucher, dit le vieux. Tu le sais bien !
Mais la vieille était têtue.
Elle s'assit dans une des charrettes et tout aussitôt les roues tombèrent en morceaux.
Le vieux et la vieille eurent beau travailler, ils ne purent les réparer.
Au matin, le coq chanta.
Et à l'instant même, les roues redevinrent entières et reprirent leur place.

Pour la troisième fois, le bon Dieu s'approcha et demanda :
— N'avez-vous pas touché à mes charrettes ?
— Oh ! non !
répondirent le vieux et la vieille, mentant pour la troisième fois.

Alors le bon Dieu se fâcha et les renvoya du ciel pour la dernière fois...
Vite, vite, le vieux et la vieille glissèrent le long du pois et du haricot.
Mais cette fois, ils n'étaient pas arrivés au sol que le pois et le haricot se cassèrent et le vieux et la vieille tombèrent par terre.
Et depuis, ils sont restés chez eux, avec leur coq et leur poulette.
Et c'est la poulette qui m'a raconté cette histoire...

Le vase d'or

Il était une fois, il y a très longtemps,
un sultan très méchant.
Son cœur était dur aux hommes
comme il était dur aux bêtes.
Jamais il n'avait pitié de personne,
jamais il n'aurait caressé un chien.
Tous, du plus humble
au plus puissant, le craignaient.
Et lui ne craignait qu'une seule
chose au monde, la vieillesse.
Tous les jours, pendant des heures,
il restait assis sur ses coussins,
une glace à la main. Et il examinait
son visage. S'il remarquait
un cheveu gris, vite il le faisait teindre.
S'il apercevait une ride,
il se massait doucement pour tâcher
de la faire disparaître.

— Car, disait-il, tout le monde me craint tant que je suis jeune et fort, mais quand je serai vieux, personne ne m'obéira plus.
Et pour que rien ne vienne lui rappeler la vieillesse, le cruel sultan avait ordonné que tous les vieillards soient tués.
— Je ne veux voir que des visages jeunes autour de moi, disait-il.
Malheur à celui dont les cheveux devenaient gris.
Il était emmené par les gardes du sultan et conduit sur la place publique.
Là, il avait la tête tranchée.

De toutes parts des femmes
et des enfants, des jeunes filles
et des jeunes gens venaient
implorer le sultan et lui demander
d'épargner leur mari ou leur père.
Mais il restait inflexible.
A la fin il se fatigua d'entendre
jour après jour des larmes et des
suppliques.

Il appela ses cavaliers et leur ordonna
d'aller par les plaines et par les champs,
par les routes et les chemins,
dans toutes les villes et les villages
et de proclamer partout
sa générosité.

Les cavaliers sellèrent leurs chevaux
les plus rapides et partirent
par les plaines et par les champs,
par les routes et les chemins.
A tous les carrefours, sur toutes
les places ils s'arrêtaient, soufflaient
dans leurs trompes et criaient :

— Écoutez ! Écoutez tous ! Le sultan grand et généreux vous accorde une grâce ! Celui qui réussira à repêcher le vase d'or tombé au fond du lac devant le palais obtiendra la vie sauve pour son père et gardera le vase en récompense ! Telle est la générosité du sultan !

Mais ceux qui ne parviendront pas à se saisir du vase, non seulement perdront leur père mais auront, de plus, la tête tranchée comme lui ! Un essai, un seul, entendez bien, aura lieu chaque matin ! Telle est la volonté du sultan !

À peine les cavaliers finissaient-ils leur annonce que les jeunes gens partaient vers le palais du sultan. Chacun voulait arriver le premier pour repêcher le vase d'or et sauver ainsi la vie à son père. L'épreuve semblait facile aux bons nageurs et surtout aux bons plongeurs.

La berge du lac était abrupte et haute. En se penchant un peu on pouvait nettement voir au fond de l'eau transparente et claire un merveilleux vase d'or au col étroit, aux fines ciselures, aux anses délicatement recourbées. Quatre-vingt-dix-neuf jours passèrent. Et quatre-vingt-dix-neuf beaux jeunes gens eurent la tête tranchée car aucun d'eux n'avait réussi à atteindre le vase d'or au fond de l'eau claire et transparente...

A cette époque-là vivait
dans le pays du sultan
un jeune garçon nommé Asker.
Asker aimait très tendrement son père.
Et lorsqu'il s'aperçut que son père
commençait à vieillir,
que les premières rides apparaissaient
sur son visage, que les premiers
cheveux blancs se mêlaient
à ses cheveux noirs, il l'emmena
dans la montagne, lui construisit
une cabane au milieu des rochers
et y tint caché l'homme vieillissant.
Et chaque soir, après le coucher
du soleil, il montait en cachette
voir son père et lui portait à manger.

Un soir, Asker resta longtemps
assis, silencieux, près de son père,
dans la cabane.
— O mon fils bien-aimé,
toi le plus dévoué de mes enfants,
dit le vieil homme, quel souci
te tourmente, quel chagrin ronge
ton cœur ? Serais-tu las de monter
me voir chaque soir ?
— Non, ô mon père, je ne suis pas
las de monter ici chaque soir.
Et pour te voir en bonne santé,
pour te savoir sain et sauf je suis prêt
à faire trois fois plus de chemin
s'il le faut, sur une route trois fois plus
pénible. C'est un autre souci
qui me ronge. Nuit et jour je pense
au vase tombé au fond du lac du sultan.

J'ai beau réfléchir, je ne puis arriver
à comprendre pourquoi,
lorsqu'on regarde du haut de la berge,
ce vase apparaît si nettement
qu'il semblerait suffisant de tendre
la main pour le saisir.
Et pourtant, dès que quelqu'un plonge,
l'eau se trouble et le vase disparaît
comme avalé par le fond.
Sans rien dire,
le vieil homme écoutait parler son fils.
Longtemps, ensuite, il resta pensif.
— Dis-moi, ô mon fils,
demanda-t-il enfin,
n'y a t-il pas sur la berge,
au-dessus de l'endroit où se voit
le vase, un arbre quelconque ?
— Si mon père,
répondit le jeune homme.
Sur la berge,
juste au-dessus du vase, pousse
un grand arbre aux branches touffues.

— Rappelle-toi bien, reprit le père,
l'arbre ne se reflète-t-il pas
dans l'eau ?
— Si, mon père,
l'arbre se reflète dans l'eau...
— Dis-moi encore,
poursuivit le vieil homme,
le vase n'est-il pas visible justement
dans le reflet de l'arbre dans l'eau ?
— Oui, père, c'est dans le reflet vert
de l'arbre que se voit le vase d'or...
— Alors, écoute-moi attentivement,
mon fils, dit le vieil homme.
Tu grimperas dans l'arbre.
Et c'est là que tu trouveras
le vase d'or du sultan.
Celui que tu vois dans l'eau
n'en est que le reflet,
tout comme l'arbre.

Rapide comme la flèche,
le jeune garçon dévala la montagne
et le lendemain matin
se présenta chez le sultan
pour tenter l'épreuve à son tour.
— Par ma tête, je l'atteindrai,
moi, ton vase d'or, ô puissant Sultan,
s'écria-t-il en arrivant.
Et cette fois tu seras obligé de tenir
ta promesse.

— C’est ce que nous verrons,
dit le sultan en riant.
Il me manquait justement une tête
pour atteindre la centaine.
Tu arrives à point, mon garçon !
— Qui vivra, verra !
répondit le jeune homme. Je crois bien
que cette fois tu n’auras pas ton compte
et que ma tête restera sur mes épaules.
— Eh bien, va, tente ta chance,
dit le sultan.
Et il ordonna à ses serviteurs
de tout préparer pour trancher
la centième tête.

Asker alla jusqu'au bord du lac
et, sans hésiter un instant, au lieu
de se jeter dans l'eau comme l'avaient
fait tous les jeunes gens avant lui,
il s'approcha de l'arbre qui poussait là,
s'agrippa au tronc
et grimpa dans les branches.
La foule réunie au bord de l'eau
poussa un cri d'étonnement
et de pitié.
— Le pauvre garçon, disaient les uns,
la crainte l'aura rendu fou !
— Peut-être préfère-t-il plonger
du haut de l'arbre, disaient les autres.

Pendant ce temps,
Asker était arrivé au sommet de l'arbre
et là, accroché parmi les feuilles,
il avait découvert le vase d'or
au col étroit, aux fines ciselures,
aux anses délicatement recourbées.
Seulement le vase était accroché
à l'envers pour sembler être posé
au fond de l'eau pure
où il se reflétait comme dans un miroir.
Le jeune garçon décrocha le vase
et le porta au sultan.

Et le sultan s'étonna grandement.
— Je ne te croyais pas si intelligent, lui dit-il. Est-ce vraiment toi qui as compris comment atteindre le vase ?
— Non, répondit Asker.
Seul, je n'y aurais pas pensé.
Mais j'ai un vieux père que j'avais caché dans la montagne loin de tes serviteurs.

C'est lui qui a deviné où
se trouvait le vase.
— Ah ! c'est ainsi, dit le sultan
devenu pensif. Il faut donc croire
que les hommes âgés
sont plus intelligents que les jeunes,
puisqu'un seul d'entre eux a su trouver,
sans même approcher du lac,
ce que cent jeunes garçons
n'ont pas su voir...

Et depuis ce temps, dans le pays
de ce sultan, tout le monde vénère
les hommes âgés et, quand passe
un homme aux cheveux blancs,
au visage ridé, tous lui cèdent la place
et lui font un profond salut.

Le petit chat têtu

C'était un petit chat tout gris et très têtu, qui habitait chez une gentille petite fille. Un jour qu'il était sorti pour se promener, la petite fille lui dit :

— Ne va pas trop loin, petit chat, tu te perdras !

Mais il n'en voulut faire qu'à sa tête et partit dans le bois.

C'était très amusant de courir après les mouches, de jouer avec les scarabées, et de faire craquer les feuilles mortes...

Le petit chat s'amusa tant, qu'il perdit son chemin et, quand il voulut rentrer, il ne sut plus de quel côté

se tourner. Il courut à droite,
il courut à gauche... mais il n'y avait
que des arbres autour de lui :
des arbres, toujours des arbres,
rien que des arbres...
Il faisait de plus en plus sombre ;
les oiseaux avaient cessé de chanter.
Et tout à coup, dans le silence
de la nuit, une chouette huhula :
Hou ! hou !

Le petit chat, tout tremblant de peur,
s'assit sur une souche
et se mit à pleurer.
Et voici qu'un petit lapin passa
en courant près de la souche.
Il aperçut le petit chat, s'arrêta.
— Que fais-tu donc là ? demanda-t-il.
— J'ai perdu ma maison,
répondit le chaton.
— Quelle aventure ! s'étonna le lapereau.
Et qui es-tu ?
— Je ne sais pas, répondit le petit chat,
je suis tout petit...
— Ça, par exemple !
Mais tu as bien une maman ?
— C'est une petite fille qui me sert
de maman...
— Quelle drôle d'histoire,
dit le petit lapin en riant.

Puis il s'assit dans l'herbe,
près de la souche, remua ses longues oreilles et se mit à réfléchir.

Au bout d'un moment, il demanda :

— Est-ce que tu sais sauter ?

— Oh ! oui, dit le petit chat, je saute même très bien.

— Eh bien, alors, c'est simple, dit le petit lapin. Si tu sais sauter, c'est que tu es un lapinet, toi aussi, voilà tout. Viens, je vais te conduire à la maison.

Et ils se mirent en route.
Après avoir franchi un fossé,
le petit lapin demanda :
— Comment se fait-il que tu aies
les oreilles si courtes ?
— Oh ! tu m'ennuies avec tes questions,
répondit le petit chat agacé.
Et si j'ai les oreilles courtes,
j'ai la queue longue, tu vois bien !
— Bon, bon, ne te fâche pas,
dit le lapereau. Allons plus loin.

Et il l'emmena dans le jardin potager
où vivait sa famille.
— Maman, cria-t-il en entrant dans
le terrier, j'ai trouvé
un autre bébé lapin dans le bois.
— Très bien, dit la maman lapine,
donne-lui à manger
et allez vous coucher. Il est déjà tard...
Le petit lapin prit une feuille
de chou et la tendit au petit chat.
— Tiens, prends !
— C'est pourquoi faire ?
demanda le petit chat.

— Pour la manger, parbleu !
répondit le petit lapin.
Le petit chat prit la feuille de chou
et se mit à pleurer :
— Je ne sais pas la manger, gémit-il,
je suis trop petit !
— Quoi, trop petit, trop petit,
se moqua le petit lapin. Moi aussi
je suis petit et pourtant, regarde...

Il prit la feuille de chou et la grignota
en un instant. Il n'en laissa
qu'un tout petit morceau avec lequel
le petit chat s'essuya les yeux.
Maman lapine, qui les regardait
depuis un instant, hocha la tête.
— Oh ! non, dit-elle,
tu n'es pas un petit lapin.
Et elle appela tous ses voisins.
— Venez, disait-elle, venez tous voir
la drôle de petite bête que mon fils
a trouvée dans le bois.
Tous les lapins du voisinage, réunis
autour du petit chat, l'examinèrent,
puis discutèrent gravement
sans pouvoir se mettre d'accord
sur cet étrange animal.

A ce moment, sortant de dessous
un noisetier, s'approcha clopin-clopant
un vieux lapin boiteux.
— Écartez-vous, ordonna-t-il,
et laissez-moi voir !
Après avoir longuement
observé le petit chat :

— Dis-moi un peu, sais-tu grimper aux arbres ? lui demanda-t-il.
— Bien sûr, que je sais, répondit le petit chat.
— Eh bien, dans ce cas, viens avec moi. Je vais te reconduire chez toi, je sais qui tu es. Tu es un petit écureuil. Regardez, vous autres : de petites oreilles et une longue queue touffue, c'est clair ! c'est un écureuil !
— Il a raison ! Il a raison ! crièrent tous les lapins en chœur. Comment n'avons-nous pas deviné plus tôt !
Et le vieux lapin clopinant emmena le petit chat.
Ils traversèrent un pré, pénétrèrent dans le bois et s'approchèrent d'un vieux tronc. Là, dans le creux, vivait un écureuil.
Le lapin boiteux s'arrêta au pied du vieux tronc, s'assit sur ses pattes de derrière et avec celles du devant

tambourina sur l'écorce.
— Qui est là ?
cria d'en haut l'écureuil.
— Moi, le lapin boiteux. Je t'amène un bébé écureuil...

— Qu'il grimpe tout seul,
répondit l'écureuil. Je n'ai pas le temps,
je prépare mes provisions pour l'hiver...
Non sans peine, le petit chat
grimpa le long du tronc.
Quand, enfin, il fut arrivé au bout,
il se glissa dans le creux.
L'écureuil lui donna une pomme de pin.
— Tiens, lui dit-il, mange !
Le petit chat se sentit offensé.
— Mange toi-même, grogna-t-il,
et il jeta la pomme de pin dehors.
— Comment ! s'indigna l'écureuil,
comment oses-tu jeter
une pomme de pin ! Attends un peu,
je vais te corriger, tu vas voir !

Et il leva une patte, mais subitement
il s'arrêta, regarda le petit chat
et lui dit :
— Mais... tu n'es pas un écureuil !
— Je ne sais pas,
répondit le chaton, j'ai faim !
— Qu'est-ce que tu veux manger, alors ?
demanda l'écureuil ;
aimes-tu les champignons secs ?
— Non, répondit le petit chat.
Je veux une souris.
— Tu n'es qu'un petit sot, dit l'écureuil
en colère. Tu aurais pu me le dire
plus tôt et j'aurais compris
que tu es un petit hérisson.
Allez, dépêche-toi,
je vais te conduire chez toi.

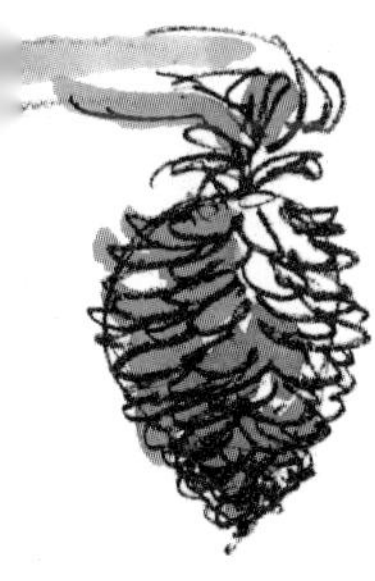

L'écureuil descendit de son arbre
et conduisit le petit chat
chez maman hérisson.
— Tenez, lui dit-il,
je vous ramène votre bébé hérisson.
On l'a trouvé dans le bois.
— Qu'il aille avec ses frères,
répondit maman hérisson. Il mangera
une souris pour son dîner
et ira se coucher. Il est déjà très tard !
Le petit chat dévora la souris
puis se coucha avec les petits hérissons.
Mais à peine s'était-il pelotonné contre
eux qu'il bondit hors de leur coin.
— Aïe, aïe, criait-il, c'est impossible,
ils me piquent le dos !
Maman hérisson, qui s'était réveillée,
sortit du nid et lui dit :

— Que veux-tu que je fasse de toi ?
Si tu n'es ni un petit lapin,
ni un écureuil, ni un hérisson...
Qui peux-tu bien être ?
— Mais je ne sais pas,
dit le petit chat, je suis tout petit...
Maman hérisson bâilla et retourna
dans son nid, laissant le pauvre
petit chat tout seul. Il se réfugia
sous un arbre où il passa le reste
de la nuit à miauler plaintivement.

Au matin, quand le soleil se montra,
au sommet de l'arbre,
un corbeau se réveilla.
Il aperçut le petit chat tout transi
et croassa :
— Crôa, crôa, je sais qui tu es, moi !
— Eh bien, dis-le !
demanda le petit chat.
— Tu n'es qu'un petit chat,
tout simplement.
— Tu crois, vraiment ?
insista le petit chat.
— Non, mais... quelle insolence !
Tu t'imagines peut-être que je n'ai jamais
vu de chaton avant toi !

— Corbeau, eh ! dis donc, corbeau, demanda maman hérisson sortant de son nid, tu sais peut-être aussi où il habite ?
— Évidemment, je le sais !
— Alors, reconduis-le chez lui !
— Croâ, croâ, croassa le corbeau, suis-moi, petit chat.
Et il s'envola tandis que le petit chat le suivait en courant.
Il sortirent du bois et s'engagèrent sur une route.

Et tout à coup le petit chaton
aperçut sa maison.
De joie, il redressa sa queue
toute droite et y courut
de toute la vitesse de ses petites pattes.
Et en arrivant il déclara,
encore tout essouflé de sa course :
— Jamais, jamais plus
je n'irai seul dans le bois...

Le cheval aveugle

Il y a longtemps, très longtemps, bien avant notre venue au monde, bien avant celle de nos grands-parents et même celle de nos arrière-grands-parents, s'élevait au bord de la mer une ville slave, prospère et commerçante, Vineta. Et dans cette ville vivait un riche marchand, nommé Oussedom, dont les navires chargés de marchandises précieuses voguaient sur les mers lointaines.

Oussedom était très riche et vivait dans l'opulence. Peut-être même que ce nom d'Oussedom ou Vsedom qu'il portait, et qui voulait dire en slavon :

« Tout dans la maison », venait
de ce qu'il possédait chez lui tout,
mais vraiment tout ce qu'il était
possible de se procurer en ce temps-là
de coûteux et de précieux.
Lui-même, sa femme et ses enfants
ne mangeaient que dans une vaisselle
d'or et d'argent, ne se vêtaient
que de zibeline et de brocart.

Dans les écuries d'Oussedom il y avait
beaucoup de chevaux magnifiques ;
mais ni dans les écuries d'Oussedom
ni dans Vineta tout entière n'existait
de coursier plus agile et plus beau
que Coupe-Vent. C'est ainsi qu'Oussedom
avait nommé son cheval de selle préféré,
tant son galop était rapide.
Personne n'osait monter Coupe-Vent,
son maître excepté et jamais
son maître ne montait d'autre cheval.
Un jour, le marchand, revenant
d'un de ses voyages d'affaires
et chevauchant son cheval favori,
eut à traverser une forêt profonde
et sombre. La nuit tombait.
La forêt était très touffue et très obscure,
le vent balançait
les noirs sommets des pins.
Le marchand avançait dans une solitude
complète, au pas, ménageant son coursier
bien-aimé fatigué par le long voyage.

Soudain, de derrière les buissons, comme jaillissant de terre, s'élancèrent une demi-douzaine de solides gaillards à la mine féroce, coiffés de bonnets de fourrure et armés d'épieus, de haches et de poignards ; trois d'entre eux étaient à cheval, les trois autres à pied et deux des brigands saisissaient déjà le coursier par la bride...

Jamais le riche Oussedom n'aurait
revu Vineta, sa ville natale,
s'il avait eu sous lui une quelconque
monture autre que Coupe-Vent.
Sentant sur sa bride une main étrangère,
le pur-sang avait bondi en avant :
de son large et puissant poitrail il jeta
à terre les deux audacieux malfaiteurs
qui le tenaient, piétina de ses sabots
le troisième qui, agitant son épieu,
s'était précipité devant lui pour lui barrer
le chemin, et partit ventre à terre.
Les brigands montés
se lancèrent à sa poursuite ; leurs chevaux
aussi étaient de bonnes bêtes,
mais comment lutter de vitesse
avec le coursier d'Oussedom !
Coupe-Vent, malgré sa fatigue,
se sachant poursuivi, filait comme
une flèche tirée sur un arc très tendu
et laissa loin derrière lui
les bandits, furieux.

Une demi-heure plus tard, Oussedom entrait dans Vineta, chevauchant la noble bête. De gros flocons d'écume tombaient de ses naseaux sur le sol. Descendant de son cheval dont les flancs se soulevaient violemment de fatigue, le marchand, flattant l'encolure en sueur de Coupe-Vent, fit séance tenante le solennel serment de ne jamais vendre ni faire présent de son fidèle coursier à qui que ce soit, de ne jamais s'en défaire aussi vieux qu'il devienne et de lui faire donner, chaque jour jusqu'à sa mort, triple mesure de l'avoine la plus fine. Mais, pressé de retrouver sa femme et ses enfants, Oussedom ne prit pas soin lui-même de l'animal et le paresseux garçon d'écurie ne bouchonna pas le pur-sang exténué comme il l'aurait fallu, ne le laissa pas suffisamment souffler et l'abreuva trop tôt.

A partir de ce moment, Coupe-Vent tomba malade, s'étiola, ses jarrets s'affaiblirent et finalement il perdit la vue. Le marchand en fut très affecté et, durant six mois, resta fidèle à sa promesse : le cheval aveugle restait à l'écurie et recevait quotidiennement ses trois mesures d'avoine.

Puis Oussedom s'acheta un autre cheval
de selle et, après six autres mois,
il lui sembla par trop désavantageux
de donner à un cheval aveugle
et inutilisable trois mesures d'avoine
et il ordonna de n'en donner que deux.
Six mois s'écoulèrent encore :
le cheval aveugle était encore jeune
et il allait falloir le nourrir pendant
des années : il ne reçut plus
qu'une seule mesure d'avoine.
Enfin, cela même parut trop coûteux
au marchand qui ordonna de débrider
Coupe-Vent et de le chasser hors
de sa maison afin de libérer la place
qu'il occupait inutilement à l'écurie.
Les palefreniers firent sortir le cheval
aveugle à coups de bâton
car il résistait et ne voulait pas avancer.
Le pauvre Coupe-Vent aveugle,
ne comprenant pas ce qui lui arrivait,
ne sachant et ne voyant où aller, demeura

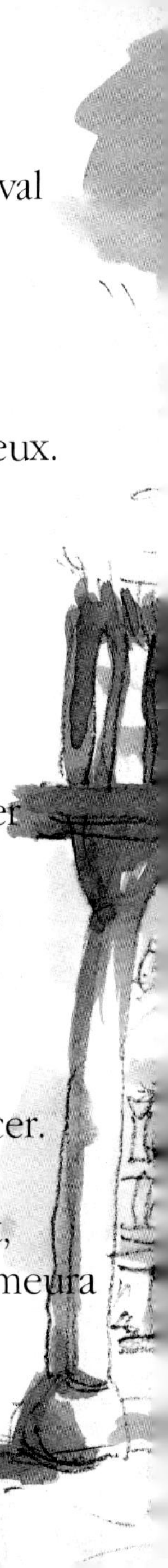

devant le portail, la tête pendante
et remuant tristement les oreilles.
La nuit vint, la neige tomba et dormir
sur les pierres était dur et froid
pour la malheureuse bête.
Des heures durant elle resta immobile
à la même place, mais finalement la faim
la poussa à rechercher de la nourriture.
La tête levée, flairant l'air, en quête
ne fût-ce que d'une poignée de paille
pendant d'un vieux toit affaissé,
le cheval aveugle errait au hasard,
butant sans cesse contre le coin
d'une maison ou contre un enclos.

Il faut vous dire qu'à Vineta, comme
dans toutes les anciennes villes slaves,
il n'y avait pas de prince régnant
et que ses habitants se gouvernaient
eux-mêmes, se réunissant
sur la grand-place quand il devenait
nécessaire de prendre
une décision importante. Ces réunions
de la population pour discuter
de ses affaires propres
ou rendre justice s'appelaient « Vetché ».
Au centre de Vineta, sur la place
où se rassemblait le « Vetché »,
était suspendue, entre quatre piliers
recouverts d'un petit toit de chaume,
une grosse cloche au son de laquelle
les gens se réunissaient
et que pouvait tirer quiconque se sentait
offensé et réclamait de ses concitoyens
jugement et assistance.
Personne, bien entendu, n'aurait osé
ébranler la cloche du « Vetché »

pour une vétille, car celui qui l'aurait fait savait fort bien que la population l'aurait sévèrement châtié pour cela.

Errant sur la place, le cheval aveugle,
sourd et affamé, se heurta par hasard
aux piliers auxquels était suspendue
la cloche et, peut-être avec l'espoir
d'arracher une touffe de chaume,
saisit entre ses dents la corde attachée
au battant de la cloche
et la tira. La cloche résonna si fort que,
malgré l'heure très matinale, les gens
accoururent en foule sur la place,
désireux d'apprendre qui réclamait
si haut leur jugement et leur aide.
Tous, dans Vineta, connaissait
Coupe-Vent, savaient qu'il avait sauvé
la vie à son maître, étaient au courant
du serment prêté et s'étonnèrent
de voir au milieu de la place
la pauvre bête aveugle, affamée,
tremblante de froid et couverte de neige.
L'explication fut bien vite trouvée
et, quand le peuple sut que le riche
Oudessom avait chassé de sa maison

le cheval aveugle auquel il devait la vie, tous furent unanimes à reconnaître que Coupe-Vent avait usé de son plein droit en faisant sonner la cloche du « Vetché ».

L'ingrat marchand dut comparaître
sur la place et malgré ses justifications,
il lui fut ordonné d'entretenir le cheval
comme auparavant
et de le nourrir jusqu'à sa mort.
Un homme fut spécialement chargé
de veiller à l'exécution de la sentence
et cette sentence elle-même
fut gravée sur une pierre dressée
en souvenir de cet événement
sur la place
du « Vetché ».

L'ours, le renard et le pot de miel

Il y avait une fois
un ours et un renard.
Chacun vivait dans sa petite maison.
Et l'ours qui était gourmand
et prévoyant gardait un grand pot
de miel dans son grenier.
Le renard était gourmand, lui aussi,
et il aurait bien voulu
manger de ce miel.
— Comment faire, pensait-il,
comment faire pour entrer dans
le grenier de l'ours!
Un soir il vient chez l'ours
et toc! toc! il frappe au carreau.
— Qui est là? demande l'ours.
— Moi, dit le renard, moi, ton voisin...

J'ai de gros ennuis, compère Ours !
— Quels ennuis, compère Renard ? demande l'ours.
— Le vent a arraché une partie du toit de ma maison et j'ai froid chez moi. Ne puis-je venir passer la nuit chez toi, compère Ours ? demande le renard.
— Bien sûr que si, compère Renard. Entre et chauffe-toi.

Le renard entre et s'allonge
près de l'ours.
Sa queue va et vient. Il réfléchit.
Comment monter
dans le grenier de l'ours ?
L'ours s'est endormi, le museau
sur les pattes.
— Toc ! Toc ! Le renard frappe
le plancher avec sa queue.
— Qui est là, compère ?
demande l'ours. Qui a frappé ?
— Ce sont mes amis qui viennent
me chercher pour aller à un baptême,
répond le renard.
— Eh bien, vas-y, compère, dit l'ours
qui se rendort.

Le renard sort, grimpe au grenier, se gorge de miel et revient se coucher.

— Compère, eh ! compère ! comment avez-vous baptisé le nouveau-né ? demande l'ours.

— Quart-de-pot, répond le renard.

— C'est un drôle de nom, grogne l'ours, mais après tout, pourquoi pas ?

La nuit suivante, ils se couchent de nouveau.

Et de nouveau, toc, toc !
le renard frappe le sol avec sa queue...
— Compère Ours, compère Ours,
mes amis viennent me chercher
pour un autre baptême...
— Eh bien, vas-y, compère,
vas-y, répond l'ours.
Le renard retourne au grenier,
vide le pot de miel jusqu'à la moitié,
puis revient se coucher.
— Compère, eh ! compère ! Comment
l'avez-vous baptisé, celui-là ?
demande l'ours.
— Demi-pot, répond le renard.
— Demi-pot ? c'est encore un drôle
de nom...

Mais pourquoi pas, après tout ?
grogne l'ours.
Et il se rendort.
La troisième nuit, le renard frappe
encore le sol avec sa queue.
— Compère Ours, compère Ours,
mes amis sont encore venus
me chercher pour un baptême...
— Bon ! dit l'ours. Mais ne reste
pas trop longtemps dehors.
J'ai envie de faire des crêpes au miel.
— Oh ! alors, je reviens
aussi vite que possible, dit le renard.

Il monte au grenier,
vide complètement le pot de miel,
en lèche les bords et le fond,
puis revient près de l'ours.
L'ours a déjà commencé à préparer
la pâte pour les crêpes.
— Eh bien, compère, demande-t-il,
comment l'avez-vous baptisé,
ce troisième nouveau-né ?
— Fond-de-pot.

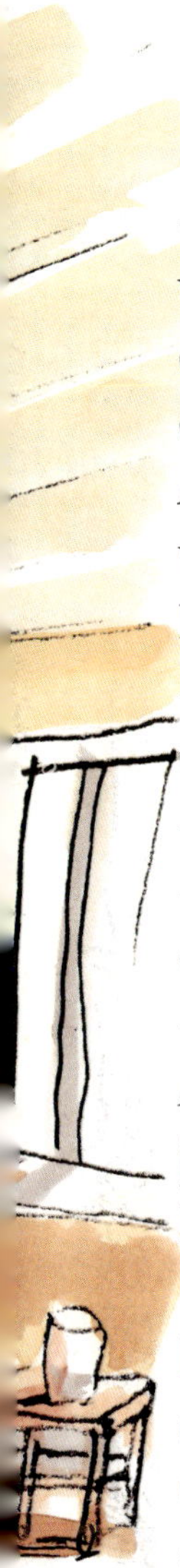

— Fond-de-pot ? Vous choisissez
vraiment de curieux noms,
compère Renard, toi et tes amis... Enfin,
celui-ci est plus joli que les autres...
Allons, aide-moi à faire ma pâte,
verse encore un peu de lait.
Bientôt la pâte est prête.
— Tu as du miel, compère Ours ?
demande le renard.
— Oui, dit l'ours, un plein pot.
— Et où ça ? demande le renard
d'un air innocent.
— Dans mon grenier, dit l'ours.
Attends-moi un instant,
je monte le chercher.
L'ours grimpe au grenier.
— Oh ! grogne l'ours tout étonné.
Il n'y a plus une goutte de miel
dans mon pot ! Ah ! mais !
Qui donc l'a mangé ? C'est toi qui
as mangé mon miel, compère Renard !
crie-t-il en revenant. Qui ? Sinon toi ?

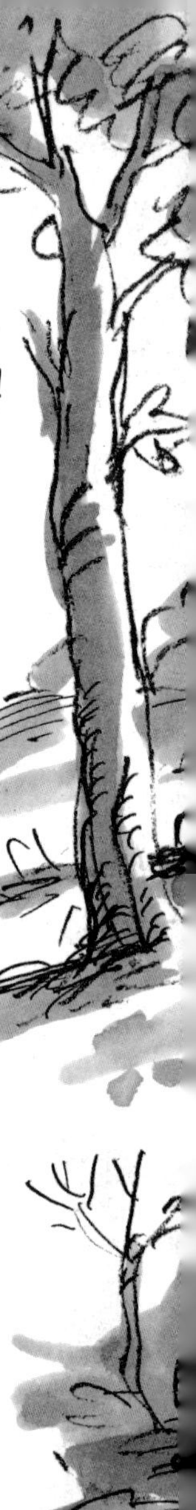

— Voyons, compère Ours, répond le renard. Tu sais bien que je ne l'ai pas même vu, ton miel. C'est toi qui l'auras mangé, c'est sûr ! Et tu as oublié, sans doute.

L'ours se gratte la tête, il essaie de se rappeler. L'aurait-il vraiment mangé, ce miel ? Il réfléchit...

— Eh bien, dit-il, au bout d'un moment, nous verrons bien. Allons nous étendre tous les deux au soleil et celui qui aura des gouttelettes de miel sur son ventre sera celui qui a mangé le miel.

— D'accord ! dit le renard.

Tous deux s'étendent au soleil, le ventre en l'air.

L'ours s'endort.

Mais le renard prend bien garde de se laisser aller au sommeil ; il surveille son ventre.

Et voilà qu'au chaud soleil,
une gouttelette de miel, puis deux,
puis trois, fondent sur sa fourrure.
Vite, il les prend
et les étale sur le ventre de l'ours.
— Compère, eh ! compère !
crie-t-il ensuite en le secouant.
Regarde un peu qui a mangé le miel !
Est-ce toi ou est-ce moi ?

L'ours se réveille et voit ses poils tout collants...
— Eh oui, dit-il, il faut bien croire que c'est moi... mais tout de même, manger un pot de miel sans m'en apercevoir...
— Tu l'auras fait en dormant, dit le renard. C'est bien dommage pour les crêpes...

DANS LA MÊME COLLECTION

3/6 ans

RIQUIQUI GRAIN DE RIZ
ET AUTRES HISTOIRES MINUSCULES
Roselyne Morel - Jacques Lerouge

HISTOIRE DE L'OURS BRUN
QUI N'ARRIVAIT PAS A DORMIR
Gilles Laurendon - Napo

HISTOIRES DE SOURIS ET DE POULES
Sarah Cone Bryant - Jean-Claude Luton

6/8 ans

FÉES, PRINCES ET PETITS GÉNIES
Henriette Bichonnier - Péf. Al-gé-sa

CONTES DU PETIT PRINCE PAIN D'ÉPICE
Sarah Cone Bryant - Charles Barat

N° d'éditeur A 46965
Dépôt légal Avril 1990
Loi 49.956 du 16 juillet 1949 sur les
publications destinées à la jeunesse
Impression et reliure Partenaires
ISBN 2.09.222 201-5